竜宮輝夜記

時めきたるは、月の竜王

糸森 環

20573

角川ビーンズ文庫

獣《けもの》は微睡《まどろ》む。
獣の花が香《かお》るまで、
その眠《ねむ》りは誰《だれ》にも妨《さまた》げられることがない。
百年がすぎ、二百を超《こ》えようとも。
獣は宵《よい》の帳《とばり》の奥で、息を潜《ひそ》めて眠り続ける。

時めきたるは、月の竜王
竜宮輝夜記
人物紹介
紗良《さら》
神竜に奉仕する、神奴治古として召し上げられる
由衣王《ゆいおう》
半神半人の竜のひとり。桔梗の里の主
本文イラスト／青月まどか

月時王《つきじおう》
半神半人の竜のひとり。
紅梅の里の主
多々王《たたおう》
半神半人の竜のひとり。
春椿の里の主
小瑠王《こるおう》
半神半人の竜のひとり。
曼珠の里の主

目次

一章　華やかなるは、月の秘儀

天が震《ふる》えた。

嵐《あらし》の訪《おとず》れのようだった。轟音《ごうおん》とともに海面が波打つ。浜辺《はまべ》の木々が傾《かたむ》き、葉を散らす。

これは竜《りゅう》の咆哮《ほうこう》だ。怒《いか》りに満ちたその激しい鳴き声が天を掻《か》き乱し、烈風《れっぷう》を招く。

「竜の君」

彼女は荒《あ》れ狂《くる》う天を見上げて、つぶやく。

墨色《すみいろ》の厚い雲を割って竜が降りてくる。長い胴体《どうたい》を荒々《あらあら》しくうねらせ、縦横無尽《じゅうおうむじん》に宙を駆《か》け巡《めぐ》りながら、地を目指す。

どうして、と彼女は泣きたい思いで竜を見つめる。今生ではもはや二度と会うことはないだろうと覚悟《かくご》していた。自分は生まれ育ったこの地で散る定めなのだと。

だから来世に夢を見た。もしも生まれ変わることができたら、毎夜、恋《こい》するように月を見上げて、あなたの幸《さち》を想《おも》おう。

そのとき、ひとめだけでもいいからあなたに逢《あ》いたい。そんな祈《いの》りをこめて。

――けれど、本当の望みは違《ちが》う。

「つむじ曲がりな心優《やさ》しい竜の君、あなたのそばで、生きたい」

天の都にある竜宮《りゅうぐう》で、どうやら三日月の秘儀が行われたようだ。

そのしるしに、地上を照らす月光の路《みち》から煌《きら》びやかな神車《かぐるま》がするすると降りてくる。

天空暮らしの貴人が乗る輿《こし》で間違いない。屋形を彩《いろど》る数々の花。両袖《りょうそで》を覆《おお》う絹の糸毛の色は優美な月白、舞《ま》う鳥が刺繍《ししゅう》された浮線綾《ふせんりょう》の帳、頸木《くびき》におさまるのは黄金の虎《とら》。輪廻《りんね》を表す大きな銀の車輪は、まわるたびに鱗粉《りんぷん》のような淡《あわ》い光を放つ。

神車の渡《わた》りに気づいた地上人――里人たちは、その幻想《げんそう》的な光景にしばらく見惚《みほ》れていたが、やがて顔を強張《こわば》らせる。里人にとって高貴なる者の存在は、自分たちの生活を脅《おびや》かす禍神《まがかみ》に等しい。おまえの娘《むすめ》は誉《ほま》れある神奴冶古《かめやこ》に選ばれた、これは大変な僥倖《ぎょうこう》であるゆえ真心を尽《つ》くして大役を果たせと宣《のたま》い、是非《ぜひ》もなく愛する家族を攫《さら》っていく。

神車は月光の路を途中《とちゅう》で曲がり、海岸へ向かっている。里人たちがそちらを見やると、ちょうど数人の海女《あま》が慌《あわ》てた様子で駆けつけてくるところだった。

「大漁だわ……！」

その夜、一人の乙女《おとめ》が浜辺で歓喜《かんき》に打ち震えていた。

年の頃《ころ》は十五、六だろう。腰《こし》かけた岩に垂れるくらい伸《の》ばされた豊かな黒髪《くろかみ》、玻璃《はり》のように澄《す》んだ大きな瞳《ひとみ》。衣《ころも》は腰と胸に巻かれた布のみで、白魚を思わせる瑞々《みずみず》しい肌《はだ》が大胆《だいたん》に晒《さら》されている。全身を濡《ぬ》らして輝《かがや》くその姿は月から舞い降りた姫神《ひめがみ》か、あるいは漁師を惑《まど》わす人魚かというほど儚《はかな》げで愛らしい――はずが、残念ながら色々台無しというより他《ほか》になかった。

本来はふっくらとした愛らしい唇《くちびる》なのだろうがいまは寒さで紫色《むらさきいろ》に変わっている。なおかつ顔には欲望《よくぼう》丸出しの笑《え》みが広がり、奇妙《きみょう》な具合に口角が歪《ゆが》んでしまっていた。見開かれた目はぎらぎらと光り、飢《う》えた獣《けもの》のような鬼気迫《ききせま》る雰囲気《ふんいき》を漂《ただよ》わせている。

「でもどうしたんだろ、今日に限って鮑《あわび》や栄螺《さざえ》がこんなに採れるなんて……。あっ、やった、鮑玉が入ってる！」

脇《わき》の木桶《きおけ》には今夜の収穫《しゅうかく》である貝が山盛り。そのひとつを慣れた手つきで割り、乙女はぐふりと怪《あや》しい笑い声を上げる。

鮑玉とは真珠《しんじゅ》のことだ。漁村に暮らす里人は、海の恵《めぐ》みの一部を御贄《みにえ》として天都《てんと》に進献《しんけん》せねばならない。が、こうした小さな玉なら、この一帯の海女を取り仕切る兎《う》美頭《みのかしら》も目こぼししてくれるときがある。

他の海女たちは、さすがに水無月《みなづき》であっても夜の漁は身にこたえるとぼやいて少し前に震えながら緒屋《おや》へ戻《もど》った。海岸に設けられた木造りの簡素な小屋だ。

漁は当番制なので、仕事を割り当てられた海女はそこで一時的に寝泊《ねと》まりする。

緒屋に戻る海女たちは「紗良《さら》、あんたのために歌ってあげるからね」と言って、此《こ》は御食国《みけつくに》、日月《かづき》よ金突《かづ》きよ潜《かづ》ぐ乙子《おとご》に幸結べよと、しばしかろやかな海歌を響《ひび》かせていたのだが、漁を終えて陸《おか》に上がってみればもはや声はなく、静けさを強調するような波の音が聞こえるばかりである。海歌とは、海人《あま》を守る護歌《ごか》。なぜ途絶《とだ》えているのかと疑うべきだったが、紗良の意識は木桶いっぱいの貝のほうに向いてしまっている。

これで粉薬を作りたい。真珠は装身具の他、薬としても重宝される。女に活力を与《あた》えるのだ。過酷《かこく》な漁が祟《たた》り、漁村の女は調子を崩《くず》しやすい。今日の漁でも一人、咳《せき》がとまらぬ者がいた。兎美頭を拝《おが》み倒《たお》して、ひとつふたつ、玉を譲《ゆず》ってもらおう。当分のあいだ分け前が減るだろうが、健《すこ》やかさだけが取り柄《え》なのだし、ひもじさにも寒さにも慣れている。

紗良には親がいない。五年前に、生誕の地である弧張《こば》り村——その近くの海岸に出現した海の物の怪《け》たる悪《あ》しき鬼《おに》、水鹿神《みかがみ》に殺された。

だが紗良は、自身を哀《あわ》れな幸無し子だとは微塵《みじん》も感じていない。

里人たちは、孤児《こじ》となった紗良をかわるがわる育ててくれた。だから弧張り村の全員が大事な家族だ。羽のように柔《やわ》らかく身を包んでくれるあたたかな情を、今度は自分がたくさん返したい。

「今日の漁、かなりおいしい。もう一回潜《もぐ》ろうかなあ。でもちょっと身体《からだ》が冷えすぎたかな」

手に乗せた貝を見つめてにやついていたが、ふと冷静になる。

今夜はなぜか手元がよく見える。というより、月がやけに明るい？

おかしいと紗良は疑念を抱《いだ》く。天を飾《かざ》っているのは鋭利《えいり》な三日月、闇《やみ》を蹴《け》散《ち》らすほどの強い光を地に注げるはずがない――。

夜空に目を向け、紗良は固まった。頭上を、黄金の神車の列が渡っている。

茫然《ぼうぜん》と見守るあいだに次々と神車が浜辺に到着《とうちゃく》する。

輿の前簾《まえすだれ》が開き、そこから青、白緑、黄《き》蘗色《はだいろ》、なよやかな袍《ほう》に平緒《ひらお》に表袴《うえのはかま》にといった麗《うるわ》しい天上人たちが現れる。――実際のところ彼らは無位の中級官吏《かんり》にすぎないのだが、天上人とそうそう接する機会のない紗良には天都に存在する細かな序列などわかりようがない。ひたすら圧倒《あっとう》的な存在として映る。身なりも雰囲気も雅《みやび》やか、神仙《しんせん》めいた幻想的な美しさだ。

彼らは大胆な磯《いそ》着姿《ぎ》の紗良を見ると、あからさまに顔をしかめた。

天上人は基本として肌を晒さないものだが、そういった事情もやはり紗良にはわからない。

ただ、官吏の蔑《さげす》むような視線を受けてなんとなく羞恥《しゅうち》を覚える。

官吏の一人が紗良に近づき、冷淡《れいたん》な態度で問う。

「葉月の十の宮、三日月夜に生まれたる紗《しゃ》の娘に違いないか？」

ぽかんとしていると、官吏は手にあった扇《おうぎ》で口元を隠《かく》し、紗良を睨《にら》んだ。慌てて「はい」とうなずいたが、細かいところを訂正《ていせい》させてもらえるなら、生まれたのは十の日ではなくその翌朝だ。日を違えている意味を考えるより早く、官吏が不信感たっぷりに問いを重ねる。

「紗の名を持つなら、織女《おりめ》となるのが習わしではないか？　なぜ海女の真似事《まねごと》をしている」

そりゃ織物より漁のほうがここでは手っ取り早く稼《かせ》げるからに決まっているでしょ、という身も蓋《ふた》もない返答は、吐《は》き出す寸前でなんとか堪《こら》えることができた。もしも口にすれば、こちらを見る官吏の目がさらに冷たくなりそうな予感がある。

里人は大抵《たいてい》、親の職に関《かか》わる名を与えられる。それが子の加護となるからだ。

「……ふん、孤児だったか？　なら仕方がない」

官吏は勝手に納得《なっとく》している。どうやら親から機織《はたお》りの技《わざ》を継《つ》げなかったせいと勘違《かんちが》いしたらしい。そんなことはない。親切な里人たちが紗良に多くの生きるすべを授《さず》けてくれたのだ。そのおかげで機織りも、得意とまではいかないが一通りこなすことができる。

「まあいい、誉れに沐《もく》せ」

「誉れ？」

「──頭《こうべ》を垂れよ」

馬鹿《ばか》者が、という叱責《しっせき》が聞こえてきそうな苛《いら》ついた声だったが、岩の上に座っている紗良のほうが、彼より目線が高いのだ。その状態で頭を垂れるというのも間抜《まぬ》けに思える。

「甕月儀《みかづきのぎ》にて、鳴弦《つるうち》がおまえを神奴冶古に定めた。貴《あて》なる神竜に身を捧《ささ》ぐという大役、天理を知らぬ里人にはこれ以上ない栄誉《えいよ》であろう」

紗良は呆気《あっけ》に取られた。なに言っているんだろう、この居丈高《いたけだか》な天上人は。

はじめはそんな感想しか出てこなかったが、じわじわと理解が追いつく。

甕月儀。貴なる神竜。神奴冶古。

──徴令《ちょうれい》だ。

遥《はる》かな天都に入府し、天上人に仕える奴《やっこ》……冶古にされるのだ。

そのなかでも神奴《かめ》と冠《かん》されるのは、神霊《しんれい》に等しい存在に奉仕《ほうし》する奴隷《どれい》と決まっている。そして官吏は甕月儀、神竜と口にしていた。

天都には荒《あら》ぶる四神の竜が住む。噂話《うわさばなし》で聞いたことがある。天都では三日月夜に行われる儀式で、彼らの世話係を選ぶという。神祇庁《じんぎちょう》の鳴弦人が月の形の弓を鳴らし、水をはった甕《かめ》を覗《のぞ》く。そこに映る里人を召《め》し抱《かか》えるのだとか。

衝撃《しょうげき》を受けて固まっていると、岩にぶつかる波に混ざって、複数の足音が耳に届く。

浜《はま》のほうに駆《か》け寄ってきたのは、家族同然の村の者や海女たち。どうやら紗良が漁に精を出すあいだに、緒屋の海女が月光路を渡る神車を発見し、村の者を呼んできたらしい。

彼らのなかに交じるもっとも若い娘に目をとめ、紗良は内心あっと声を上げる。

──選ばれたのは私じゃない！

葉月の季節に生まれたのは紗良だけではない。

姉妹《しまい》のように仲睦《なかむつ》まじく育った紗和子《さわこ》という娘がいる。彼女が、十の日の生まれなのだ。自分の片割れに等しい存在である彼女を、紗良は凝視《ぎょうし》する。紗和子は、いままでに見たことがないというほど悲愴《ひそう》な面持《おもも》ちをしていた。見つめ合って、気づく。とうに紗和子は自分が選定されたことを知っているのだ。今夜のうちになにか神がかりな知らせがあったのかもしれない。

紗良は慌《あわ》てて岩から飛び降りた。その際、木桶に足があたり、砂の上に貝が散らばる。そちらを見る余裕《よゆう》もなく紗和子に駆け寄る。しがみつくようにして手を握《にぎ》り合ったとき、紗和子の隣《となり》にいた精悍《せいかん》な顔立ちの若者と視線がぶつかった。商人や神人《かむびと》らで結成された里座の護衛を務める武人だ。彼もまた、紗和子と同じくらい悲痛な表情を浮《う》かべていた。

二人は夫婦《めおと》になる約束をしている。若者のほうが、階級が上だが、市で彼を見かけた紗和子が惚《ほ》れに惚れ、村中を巻きこみながらも見事恋《こい》を成就《じょうじゅ》させたという経緯《けいい》がある。

紗和子の諦《あきら》めが浮かぶ暗い瞳を見た瞬間《しゅんかん》、紗良は官吏のほうに勢いよく身体を向け、その場に平伏《へいふく》した。

「神霊の奴として召されしこと、上無き誉《ほま》れでございます。身命を賭《と》してお役目に励《はげ》みます」

一拍《いっぱく》ののち、紗和子が小さく悲鳴を上げた。

「なに言ってるの紗良！　神渡《みわた》りの報を受けたのはあたしよ、あんたじゃな――痛!!」

紗良はとっさに後ろ手で彼女の臑《すね》を叩《たた》いた。力を入れすぎたのか、紗和子が身を屈《かが》め、涙目《なみだめ》になって膈を押さえる。若者は口を挟《はさ》んでいいのかわからない様子でおろおろした。

「……なんだ？　そちらの里人が紗の娘《むすめ》なのか？」

官吏がいぶかしげに扇を軽く振《ふ》る。

「私です！」「あたしです！」と紗良と紗和子は同時に挙手し、睨み合った。

「どういうことだ。里人風情《ふぜい》が我《われ》らをたばかるつもりか」

官吏の声に怒《いか》りがこもったときだった。

「どちらでもよいだろう」

官吏とは別の、若い男の声が横から割りこんできた。鬱陶《うっとう》しげな響きがはっきりとこめられている。自分たちにとっては生死が絡《から》む重大な問題なのにどちらでもいいなんて、そんなむごいことをよくも言える——紗良はむっとしながら、声のしたほうに顔を向けた。

後尾《こうび》の神車《かぐるま》から、長身の男が片手で簾を押さえて出てくる。袴の裾《すそ》が汚れるのもかまわず榻《しじ》から降り、ざくざくと音を立ててこちらへ歩いてくる。

「紗だろうが蛇《じゃ》だろうが、些末《さまつ》なこと。しばし動く手足があればそれでよい」

男の痛烈《つうれつ》な発言に、官吏が絶句している。紗良たちも違う意味で言葉を失っていた。

姿を現したのは、心痺《しび》れるような美しい男だったのだ。仮に紗良が風雅《ふうが》を解する天上人であったなら、ここで技と情熱を尽《つ》くし美辞を連ねたろうが、あいにくそこまで豊富な学はない。すぎた美貌《びぼう》は暴力、というどうにも武骨な言葉がまっさきに脳裏《のうり》をよぎる。

──天上人ってすごい。

紗良は瞬《まばた》きも忘れて見入る。二十前後の年齢《ねんれい》だろうか。冷ややかさの滲《にじ》む瞳《ひとみ》は月の光の粉でも振りまいたような煌《きら》めく黒色。短い黒髪《くろかみ》も、神車に取りつけられている小さな灯《ひ》を受けてか、銀河のようにちらちらと輝《かがや》いている。装束《しようぞく》は色鮮《いろあざ》やかな青の単衣《ひとえ》に、黒の穀紗《こめしや》の袍、浮き織りの白袴。冠《かんむり》をせず挿頭《かざし》のみにしているのが心憎《こころにく》い。多色の小花がよく似合っている。

「そもそも甕月儀など、里人攫《さら》いを道理と欺《あざむ》くための詭弁《きべん》にすぎぬ」

目を白黒させる官吏を見下ろし、冠直衣《かんむりのうし》ならぬ花直衣姿の美貌の男は際《きわ》どい発言を続ける。

「どうせ数年酷使《こくし》すればすぐに死ぬ。か弱い里人は都たる図京《ときよう》の気とも合わぬ、仕えし竜《りゆう》の神気にも耐《た》えられない。泥人形《どろにんぎよう》と変わらぬ脆《もろ》さよ」

遠慮《えんりよ》も容赦《ようしや》もない男の言葉に、紗和子がひゅっと息を呑《の》む。

神奴冶古《かめやこ》として選ばれた里人は二度と帰ってこない。誰《だれ》もが知っている。徴令は人身御供《ひとみごくう》そのもの。だからこそ三日月夜の神車の訪《おとず》れは里人たちを戦慄《せんりつ》させる。役目の放棄《ほうき》は許されない。逆らえば神竜の怒りを買い、地の人々が見捨てられてしまう。

「そ、そのようなことを、由衣《ゆい》……」

慌てふためく官吏の言葉を、男が一睨みでとめる。

年は若いようだが、官吏よりも貴《たつと》き身分なのだろう。だが、文官にも武官にも見えない。

「それで」と男が視線をこちらに投げてくる。まるで塵芥《ちりあくた》を見るような、凍《こご》えた目つきだ。

「どちらの娘だ」

紗良と紗和子は全身を緊張《きんちょう》させながら顔を見合わせた。入府すれば確実に数年で死ぬ。近い未来にもたらされる死を想像することは、やっぱり恐《おそ》ろしい。だから一瞬、怖《お》じ気づいてしまった。観念した様子で紗和子が震《ふる》える唇《くちびる》を開く。──その瞬間、身体《からだ》が燃えたように思えた。紗良は腰《こし》に力を入れて立ち上がり、掠《かす》れた声を発した。

「わ、私です！　私が行かせていただきます！」

「ばかっ、紗良！　あたし！　あたしが行くのよ！」

夫婦の誓《ちか》いをかわした若者が悲しげに瞳を揺《ゆ》らし、紗和子、と小声で呼びかける。紗和子は彼を見上げると、泣きそうな顔をした。

花直衣の貴人は鬱陶しげに紗良たちを眺《なが》めまわすと、小さく吐《と》息《いき》を漏《も》らした。

「……より健康な娘はどちらだ」

その問いかけに、紗良たちはふたたび顔を見合わせた。

つまりこれは、「長期の労働に耐《た》えうる健康な女を連れていく」という意味だろうか。

「──当然ながら！　私です！　健康と言えば私です、なにせ生まれたときから熱ひとつ出したことがありません！」

「紗良ったら！」

「海にも長く潜《もぐ》れます、一日中働いても倒《たお》れません！」

「なっ……、あたしのほうが、繕《つくろ》い物が得意です！　紗良なんて本当に下手で下手で！　数年かかってやっと売り物にできるような衣《ころも》が縫《ぬ》えたというくらい不器用だし。力任せに機《はた》を織って何度踏《ふ》み板を壊《こわ》したことか」

「壊れる織り機が悪いのよ！」

「普通《ふつう》は壊さない！」

紗良は内心呻《うめ》いた。繕い物の得手不得手は女にとって重要な問題だ。もちろん、得手とする女のほうが重宝される。

——他《ほか》になにか自分を売りこめるような特技ってあったっけ⁉

「そうだ！　私は身寄りがないので死んでも後腐《あとくさ》れがありません。存分に使ってください！」

「紗良‼　ふざけたことを言わないで！」

天上人の前だというのに、紗和子が顔を真っ赤にして怒鳴《どな》り声を上げた。本気で怒《おこ》っている、あとで謝らなきゃ、と思う。

「それに、学はありませんが、文字は読めます！　ものを数えることもできるし、琴《こと》や笛も多少は嗜《たしな》んでおります。どんな労働も厭《いと》わず笑顔《えがお》でやり遂《と》げる自信が——ごふっ」

肝心《かんじん》なところで咳《せ》きこんでしまい、紗良は青ざめた。

すっかり頭に血がのぼってしまっていたために忘れていたのだが、濡《ぬ》れた磯着《いそぎ》のままである。散々海に潜り、身体が冷えきっている。微妙《びみょう》に手足も震えているし、唇なんて紫色《むらさきいろ》だ。

まずい！　これだとすぐ死にそうだって誤解される‼

実際、花直衣の男の視線が厳しくなっている。

「見てください、この通り紗良は頻繁《ひんぱん》に身体を壊すんですよ、たった一度海に潜っただけでこんなに震えて……高貴な方々にお仕えする体力なんてとてもありません」

ここぞとばかりに紗和子が追撃《ついげき》した。

「ちょっとやめて紗和子、私が健康なのはよく知っているくせに――げほっ、ぐぇ」

「ほら、無理をするからよ！」

堪《こら》えようとすればするほど咳《せき》が出る。

花直衣の男が近づいてきた。紗良は咳きこみながらも紗和子を背に庇《かば》った。他の里人たちは、すっかり血の気を失った表情でその場に平伏する。

「ほ、本当に身体は頑丈《がんじょう》――ごふっ、私が、ぜひっ」

「――おまえを連れていく」

「だめです、紗和子には情をかわした相手がいるんだから――えっ？　がふっごほ」

花直衣の男は、紗良の頭をぽこんと軽く扇《おうぎ》で叩いた。

健康そうな女じゃなくて、いまにも死にそうに見える女を連れていく……？

なぜ？　混乱する紗良を、彼は疎《うと》ましげに見つめて言った。

「それにしても磯臭《いそくさ》い。せめて着替《きが》える時間はくれてやる。早くせよ」

「ばか！　ばか紗良！　絶対に許さないから！」

よろよろと緒屋《おや》へ戻《もど》り、着替えるために磯着を脱《ぬ》ぎ捨てていると、あとを追ってきた紗和子に泣きながら叩《たた》かれた。と言っても、本気の暴力ではない。赤子のような弱々しい力だ。

「あたしが選ばれたって言ったじゃない！」

「でも、どっちでもいいみたいだったし。紗良も紗和子も似たようなもんだわ」

少なくとも彼ら天上人にとっては、入れ替《か》わったところでなんの問題にもならない。

「よくないわ！　なんにもよくない。だいたいさっきの言い草はなんなの？　身寄りがないとか後腐れがないとか、あたしたちの前でよく言えたわね！」

「嫌《きら》いになったでしょ？」

「ならないわばか！　あんたはあたしの妹分でしょ、さっきの取り消しなさいよ、なんて薄情《はくじょう》な子なの。言っていいことと悪いことの区別さえつかないあんたがどこへ行くっていうのよ」

紗和子がわんわんと声を上げて泣く。頰《ほお》を転がる涙《なみだ》は真珠《しんじゅ》のように丸い。紗良はそれをとても美しいと思った。指先でそっと涙を受けとめる。割れてしまうのがもったいない。

「ねえ、紗和子が恋《こい》した人と一緒《いっしょ》になって元気な子どもを産んで、いつも幸せでいてくれたら私だって幸せだわ。それは、私の幸せそのものだわ」

「なに言ってるの、本当にばかなんだから……。二度とここに帰ってこられないのよ、あたしたちと会えなくなって、あんたは平気なの？」

「会ってるときだって、会っていないときだって、私は紗和子たちが恋しいわ。だからどこにいたって同じでしょ？」

紗和子が泣きじゃくるせいで、こちらまで鼻の奥が熱くなってくる。困ってしまう。

「神仕えの身になるのよ。きっときれいな衣をもらえるだろうし、飾《かざ》り物だってたくさんくれるだろうし……お腹《なか》が膨《ふく》れるくらい食べることだってできる。どう？　私は紗和子から栄誉《えいよ》を奪《うば》ったの。恨《うら》みなさいよ！」

幸せになれ、限りなく幸せになれと祈《いの》りをこめて、一日違《ちが》いで生まれた姉妹のような紗和子の頭を撫《な》でる。


まさか自分が天上人の神車《かぐるま》に乗るなんて。

紗良は物見に顔をくっつけて外を覗《のぞ》いた。屋根から垂れ下がる月白の糸毛の向こうに、夜空が広がっている。身を乗り出して、地上の様子を確かめる。

故郷たる弧張《こば》り村はどのあたりだろうか――あの篝火《かがりび》がちらちらと輝く海辺だろうか？

もしもあの火が永遠の別れを告げる自分のために焚《た》かれたものならば。そう考えた瞬間《しゅんかん》、神車から飛び降りたい衝動《しょうどう》に駆《か》られ、紗良はぎりっと軋《きし》むほど奥歯に力をこめた。

神車に乗ったばかりだというのに、もう紗和子たちのもとに帰りたくなっている。だらしのないことだと自分を叱《しか》る。けれど焦《こ》がれる心をとめる方法を知らないのだ。

「慎《つつし》みがない。おとなしくしないか」

ち、と舌打ちが響《ひび》く。寂《さび》しさの泉に浸《つ》かり切っていた紗良はその音に驚《おどろ》き、肩《かた》を揺らした。

途端《とたん》、ふわっと上品な香《こう》の匂《にお》いが自分の身から漂《ただよ》ってきた。正しく言うなら、借りた長衣からだが。

いましがた舌打ちした男――目の前に座っている花直衣の貴人が、屋形の床《ゆか》に腰を下ろすと同時に「磯臭くてたまらぬ」と長衣をこちらへ放《ほう》ってきたのだ。よほど耐えかねるのか、先ほどから扇で顔の下半分を隠《かく》し、そっぽを向いている。

そんなに臭いならなぜ一緒の神車に乗ったのだろうかと不思議に思うが、他は官吏《かんり》が使用して満員だったのかもしれない。

屋形の隅《すみ》には灯蓋《とうがい》があり、その上に蓮形《はすがた》の小さな油坏《あぶご》が燃えているため、貴人の表情もよく見える。油坏は小鯨《こくじら》の脂《あぶら》を煮詰《につ》めて作られる蠟《ろう》だ。砂漠《さばく》を越《こ》えた向こうにある西藍《さいらん》国からの輸入物であり、たとえ天都《てんと》の者であろうと、下級官吏じゃまず手に入らない。

目の前の貴人は要するに立派な家柄《いえがら》の公達《きんだち》なのだろう。

顔の下半分を隠していてもわかる美貌《びぼう》を、紗良はまじまじと見つめる。

――確か、天都では四つの家門が帝《みかど》を中心にして争っているんだっけ？

なにぶん政争とは無縁《むえん》の地上生まれであるため、天上人の勢力図がてんでわからない。

天の島と地の島、両方を統治するこの稀《まれ》なる国を『右記ノ國《うきのくに》』という。

かつては浮城乃国という文字をあてていたが、令封《れいほう》五五〇年、つまり七百年前に改名されている。理由は至極《しごく》単純で、長い年月放置していた地上人の統御《とうぎょ》もそのあたりから視野に入れ始めたためだ。ゆえに天空のみを示す文字を廃《はい》した。

天空に浮《う》かぶ島は十二角形を描《えが》く。これは十二支を表しており、陰陽道《おんみょうどう》の十二天将、日の刻、月の数をも示している。そのため十二の方角にはそれぞれ天門が設けられ、巨木《きょぼく》のように大きな厳《いか》めしい天将像が配置されている。

この天の国土を槞月府《ろうげつふ》と呼び、中央に築かれた正方形の都を図京と称《しょう》する。そこに天地の統治者である槞帝《ろうてい》を立て、天上人らは政《まつりごと》を行っている。

一方、里人の紗良たちが暮らす地上は山月府《さんげつふ》と称されている。

国土の形は一枚の桜の花びらに似ている。同じ国の民《たみ》とはいえ天と地にわけられた者のあいだには、身分という、舟《ふね》でも越えられぬ果てのない河が流れている。土地の広さや戸籍《こせき》数なら圧倒《あっとう》的に山月府が上なのだが、生活面での豊かさは比較《ひかく》にもならない。

なにしろ山月府には、櫛月府に常に存在する神竜《しんりゅう》の守りがない。

櫛月府の東西南北には四つの宮がある。そこには半神半人たる竜が住む。

紗良は、その竜に奉仕《ほうし》するという役目を与《あた》えられたのだ。

竜は慈悲《じひ》知らずの戦《いくさ》の将、山河に生じる悪鬼《あっき》を退け、海から目覚める水鹿神《みかがみ》を嚙《か》み殺す。粗暴《そぼう》であり残虐《ざんぎゃく》でもあるという。そしてひどく大きく醜《みにく》いのだという。胴《どう》は蛇《へび》、全身に鱗《うろこ》が生えており、鞭《むち》のような髭《ひげ》を持つ。怪鳥《かいちょう》のような足と角も持つ。

一歩違えば悪神へ変ずる恐《おそ》れのある凶暴《きょうぼう》な竜を、かつては鎮《しず》める巫《かんなぎ》がいたというが、いまの世では聞いたことがない。

だから天上人は、竜を崇拝《すうはい》する一方で忌避《きひ》の念を抱《いだ》き、無位の里人に世話を押しつけようとする。なにしろ里人は掃《は》いて捨てるほど存在する。

里人にとっては天の都で暮らすだけでも相当の負担となる。天と地では大気の層が異なるため、変調をきたしやすい。だがいまは、この長衣から薫《かお》る上品な香のおかげか、さほど息苦しさを感じずにすんでいる。

「おまえを選んだ俺が恨めしいか？」

貴人は扇を下ろし、陶器《とうき》のような白い頰を歪《ゆが》めて尋《たず》ねる。嘲《あざけ》っているようにも、苦悩《くのう》しているようにも見えた。

「里人は脆弱《ぜいじゃく》にすぎる。おまえはそのなかでもとくにか弱いのだろうな？」

先ほど咳《せ》きこみ、身を震《ふる》わせていたせいで完全に誤解されている。

だが病弱と判断されたおかげで冶古《やこ》に選ばれたのだ。それなら誤解を解かないままでいたほうがいいのではないか？　答えあぐねているうちに、貴人が眉間《みけん》に皺《しわ》を寄せる。

「か弱くて、どうせ瞬《また》く間に死ぬのなら、いいだろう。身寄りもないと言っていたな」

「はい。でも、私は丈夫《じょうぶ》ですので、貴《とうと》い方のもとで長くお仕えできればと願っております」

すぐに散る命だから新しい冶古を探そう、などと思われても困る。

「丈夫？　おまえのどこが？」

貴人は苛《いら》ついたように低い声で言うと、突然《とつぜん》紗良の手首を摑《つか》み、身を引き寄せた。

「恐ろしいほど痩《や》せ細っているくせに。なんだこの枝のような頼《たよ》りない手首は？　まこと骨の代わりに枝でも入っているのか？」

「!?」

貴人も驚いている様子だったが、紗良のほうが動揺《どうよう》が激しい。

――美しさが神々《こうごう》しい領域に入っている……！

目が眩《くら》んだ。真珠のような肌《はだ》とはこのことか。髪《かみ》はつやつや、睫毛《まつげ》もみっしりと長く、潤《うる》む瞳《ひとみ》に悩《なや》ましげな影《かげ》を作っている。わりと厚めの唇《くちびる》は桜の花びらを撫でつけたように淡《あわ》い色をしている。少し前に村の市で見かけた絵巻物の天女《てんにょ》を思い出す。その絵巻から飛び出してきたと言われたら、素直《すなお》に信じてしまいそうだ。なよなよとしているわけではないし、態度も口調も常に威圧《いあつ》的なのだが、全体的にきらきらしい。まさに眉目端整《びもくたんせい》という言葉が当てはまる。

「女童《めのわらわ》よりも小さいぞ」

これではろくに働けないと改めて感じたのか、貴人はその秀麗《しゅうれい》な顔に懸念《けねん》の色を滲《にじ》ませた。

「神奴冶古《かめやこ》の労働の過酷《かこく》さを教えてやる。ただ四宮に住む竜の世話をするだけではない。肝要《かんよう》なのは禊《みそぎ》の仕事だ」

「禊……」

「竜は怪を食す。だが食《く》らうたび身に穢《けが》れがまとわりつく。その穢れを削《そ》ぎ落とさねば神たる力が遠のいてしまう。祈禱《きとう》などでは取り除けぬ」

「……岩の苔《こけ》を落とす感じでしょうか？」

「苔⁉」

貴人は衝撃《しょうげき》を受けている。国の守護を司《つかさど》る竜神《りゅうじん》に対し、さすがに苔というたとえはまずかったか。紗良は慌《あわ》てて言い添《そ》える。

「兎《うさぎ》の毛皮を剝《は》がす感じのほうが近いでしょうか」

「毛皮！」

貴人は宝玉みたいな目を限界まで見開き、掠《かす》れた声を発した。もっと衝撃を受けたようだ。

「なんたる野蛮《やばん》。おまえは穢れどころか竜の鱗までも剝がすつもりなのか？」

「鱗……あっ、じゃあ魚の鱗取りというほうが……？」

次第《しだい》に貴人の表情が硬《かた》くなってくる。あまりにもたとえに品がないと思われたのかもしれない。だが、その日その日を生きることで精一杯《せいいっぱい》な地上人に、花香《かお》るような美しい表現を期待されても困る。

「不遜《ふそん》にすぎる。俺に向かってよくもそのような口を利《き》く」

怒《おこ》らせたかと紗良は緊張《きんちょう》する。高貴な人間との会話なんてはじめてだ。なにを言えば気に入ってもらえるのか、本当にわからない。

「わずかに力をこめるだけでおまえの腕《うで》など砕《くだ》け散るぞ」

貴人は不快さを隠《かく》さぬ口調で吐き捨てると、紗良の手首を摑んだままの指に力をこめた。

痛い、と声を上げようとして、喉《のど》に呼気が引っかかり、盛大に咳きこんでしまう。

紗良は青ざめながら自分の口を片手で覆《おお》う。この貴人は紗良を病弱だと思いこんでいる。病の気を吹《ふ》きかけようとしたなどと誤解されてはたまらない。

「愚劣《ぐれつ》な上に騒々《そうぞう》しい。俺は神なる身。里人ごときが近づける者ではない、頭を下げぬか」

貴人にいきなり頭を摑まれた。打擲《ちょうちゃく》でもされるのかとぎゅっと身を縮める。

――が、違《ちが》った。

紗良は目を瞬かせる。確かに頭は下げた……力ずくで下げられた。

――でもこれって膝枕《ひざまくら》になってない？

もしかして貴人は気づいていないのだろうか。

あなたの膝の上に私の頭が乗っているんですけれども……。

戸惑《とまど》いが強まる。黙《だま》っているのも後ろめたく、「あの」と起き上がろうとすれば、片手でぐっと頭を押さえつけられる。

「目障《めざわ》りだ。沈《しず》んでいろ」

貴人にとっては鬱陶《うっとう》しい里人を床《ゆか》に平伏《へいふく》させた感覚なのかもしれないが、現実はどう見ても膝枕。むしろ紗良は楽な体勢で侍《はべ》っている状態に等しい。

「ああ、この髪はなんだ？　ごわごわする。女のものではない」

上から貴人の絶望した声が降ってくる。

ごわごわしていて当然だ、ずっと海に潜《もぐ》っていたのだから。

「この感触《かんしょく》は……藪《やぶ》を掻《か》き分けているかのような……、葦《あし》が絡《から》まっているかのような……」

貴人の口調が次第になにかを見極《みきわ》めんとするような集中したものに変わってきている。それがちょっとおかしい。

そんなに私の髪って硬いの、と少しばかり情けない気持ちにもなるが。

放《ほう》られる言葉も態度も心が霜《しも》げそうになるほど冷たいのに、紗良の髪の感触を確かめる手はずいぶん優《やさ》しい。かわいがられているかのような錯覚《さっかく》を起こしてしまう。

紗良は人に触《ふ》れられるのが好きだ。秋の足音が聞こえる頃《ころ》には紗和子や親しい女たちと獣《けもの》の子のように身を寄せ合って暖を取る。彼女らの張りのある肌やあたたかな吐息《といき》、かすかに立ちのぼる甘い汗《あせ》の匂《にお》いに、身も心もぬくぬくとなるのだ。

天上人も、同じなのだろうか。

これから天都《てんと》で冶古となる。まだ信じられない。もしかしたら本当は漁の途中《とちゅう》で人魚にでも惑《まど》わされ、射干玉《ぬばたま》を溶《と》かしたような黒い海の底でとっくに死んでいるのかもしれない。そして泡沫《うたかた》の夢を見ているのか。ぎこちなく頭を撫《な》でる貴人の手も、薫る香《こう》も、車輪を軋《きし》ませながらきらきらした黄金の月光路をのぼる神車《かぐるま》も、すべて幻《まぼろし》。この世は露《つゆ》の世あかず降るは涙雨《なみだあめ》、もみちもつゆに濡《ぬ》れにけりと、村に流れてきた目の見えぬ流浪人が朗々、歌っていたのを思い出す。

——結局、十二天門のひとつに到着《とうちゃく》するまで紗良は膝枕をされ続けた。


紫《むらさき》藍《あい》青水白緑黄桃《もも》橙《だいだい》赤茶黒と、櫛月府の天門はそれぞれの色で区分されている。

このうち桃天門《とうてんもん》の大路のみが帝《みかど》のおられる中央の図京に通じている。他《ほか》の路《みち》は迷路《めいろ》のように入り組んでおり、最終的には小山や池、田畑などに行き当たる。

不意の敵襲《てきしゅう》を想定してこういった蜘蛛《くも》の巣を連想させる複雑な路を巡《めぐ》らせているが、帝都《ていと》並びに官庁においては地の裏側に存在する異国の法制が様々な面での基底となっている。

噂《うわさ》では、そこは千年続く、平らかなる安寧《あんねい》の世の国なのだとか。里人の紗良にとっては異国もこの櫛月府も全部、派手やかな絵巻物語のうちに存在する幻影《げんえい》の世界にすぎない。

──そのはずだったのに。

現在、迎《むか》えの神車と官吏《かんり》が並ぶ桃天門を前にして、紗良は茫然自失《ぼうぜんじしつ》の状態だった。ここで車を替《か》えるため、一旦《いったん》降りたのだが、それどころではない。

──これは山じゃないの？　本当に門なの？

腰《こし》を抜《ぬ》かしそうになるほど巨大《きょだい》な桃色の門が聳《そび》えている。篝火《かがりび》に浮《う》かぶその門は、地の社にあった鳥居と同様の造りだ。二本の主柱に支えられた反りのある笠木《かさぎ》には辰《たつ》の飾《かざ》りが載《の》っている。扁額《へんがく》には『桃架《とうか》』の文字。袖柱《そでばしら》の手前には天将の像が置かれ、一帯を睥睨《へいげい》している。これも巨大で、夜ということも相まってか、いまにも動き出しそうな迫力《はくりょく》がある。

それに、夜空に浮かぶ三日月が、とても近い。

「なにをしている」

苛立《いらだ》たしげな言葉とともに、ばさっと被衣《かずき》を放られて、紗良は我《われ》に返った。狩衣《かりぎぬ》姿の官吏と対話していた貴人がこちらを振《ふ》り向き、軽く睨《にら》んでいる。借り物の長衣はさすがに着用したままじゃいけないだろうと思い、それを車箱のなかに置いてきたのだが、どうやら余計な気をまわしすぎたようだ。貴人はわざわざ官吏に被衣を用意させたらしい。

「見窄《みすぼ》らしい姿を晒《さら》すな」

言葉のきつさに少し胸が痛くなったが、それ以上にほっとした。

被衣に身を隠すと、不思議とわずかに息苦しさが和《やわ》らぐ。威容《いよう》を誇《ほこ》る桃天門のほうに意識を奪《うば》われていたが、地上とは異なる大気の薄《うす》さに知らず身が強張《こわば》っていたようだ。

「来い」

貴人が不機嫌《ふきげん》な顔つきで紗良に命じ、桃天門まで利用した神車よりやや小振《こぶ》りの庇車《ひさしぐるま》へ歩いていく。濡羽色《ぬればいろ》の屋形に優美な青紫の几帳《きちょう》がかけられた車だ。

貴人のあとを追おうとして、葵《あおい》の狩衣姿の少年に鋭《するど》い視線を向けられる。

年は十四、五か。紗良より若干《じゃっかん》下に見えるが、ずいぶん老獪《ろうかい》な雰囲気《ふんいき》がある。供奉《ぐぶ》する車副《くるまぞい》や舎人《とねり》というには年若すぎるし、なにより身なりが召《め》し使いのそれとは違う。

気圧《けお》された紗良が立ち止まると、少年はそのさまを冷ややかに一瞥《いちべつ》し、貴人に恭《うやうや》しく声をかける。

「畏《かしこ》き竜神由衣王《たつのかみゆいおう》に、辰弥庁《たつみちょう》の僕《ぼく》なる草、白長督《しろながのかみ》が拝み奉《たてまつ》りてここに奏す」

「その口上は聞き飽《あ》きた。いいから本題に入れ」

「私に黙って勝手な行動をされては困ります」

白長督と名乗った少年は慇懃《いんぎん》な態度を崩《くず》さず、ずばずばと批判を口にした。

これに動揺《どうよう》を見せたのは背後に控《ひか》えていた官吏たちだが、当人はどこ吹く風といったふてぶてしさ。振り向くこともなく、さらなる苦言を舌に乗せる。

「私は竜神の宮を取り仕切る長官です。こうも気まぐれに地上をふらふらされますと、いざというとき補佐《ほさ》しかねる」

「その程度のつまらぬ才なら迷わず退け」

「王、頑是無《がんぜな》いことをおっしゃるな。あなたの稚気《ちき》は時として変事を招くとわかっていらっしゃるでしょう」

む、と貴人が——由衣王が顔をしかめ、袖で口元を隠す。

紗良は彼らのやりとりを驚《おどろ》きの目で見つめていた。

由衣王？　まさか皇族だったのか。

道理でこの気位の高さ。言われてみればうなずける。

が、いくつか気になる言葉があった。たつのかみ。たつみちょう。ひょっとすると、皇族であり四竜《りゅう》に関《かか》わる神官でもあるという意味なのか。

「ともかくも。そちらの里人が秘儀《ひぎ》にて召《め》した冶古《やこ》ですか。——ではここで私が預かり、確かに躾《しつ》けましょう」

「よい」

「よいとは？」

「ひ弱な女だ。躾けるあいだにすぐに死ぬ。手間をかけるまでもない」

由衣王の言葉に、白長督が値踏《ねぶ》みするような視線をこちらへさっと向けてくる。

「日々身を清めさせれば、少しは延命できますよ」

「それで幾月《いくつき》すごせると？」

由衣王が、夜の色の瞳《ひとみ》をじわりと細めて薄く笑う。顔かたちも端整《たんせい》、立ち振《ふ》る舞《ま》いも典雅《てんが》であることは間違《まち》いないが、どこか人外じみた猛々《たけだけ》しい気配を感じてしまい、紗良はどきりとする。はじめは祟《たた》られまいとすばやく目を逸《そ》らすも、ふたたびそろりと見てしまいたくなるような、抗《あらが》いがたい恐《こわ》い魅力《みりょく》がある。

「たやすく散るなら、俺が好きにしても問題はあるまい」

「獣のごとく嬲《なぶ》るおつもりですか」

「いつものこと」

「王の方々が側《そば》つきとなる神奴冶古《かめやこ》をそうも虐《しいた》げられるから、彼らはなお病《や》み、短命となるのですよ。ご自重くだされよ」

「腐《くさ》るほど生まれ落ちる里人に敬意を払《はら》えとでも言うのか？　正気か。潰《つぶ》れたのなら、また新たな蟻《あり》を捕《つか》まえてくればいいだけの話だろう」

「まことつむじ曲がりでいらっしゃる。そも、捕まえる気すらお持ちでない。本来なら数名、いや少なくとも十数名は召し抱《かか》えねば宮の手入れもままならぬというのに、王の方々は皆《みな》、今日まで秘儀などせぬと突《つ》っぱねられた」

白長督が片手で額を押さえ、嘆息《たんそく》する。

由衣王のほうはと言えば、意地悪な顔をして扇《おうぎ》を弄《もてあそ》んでいる。

「どうしてそれほど秘儀を疎《うと》まれるのか」

「恨《うら》みがましい目をするな」

「恨みたくもなります。おかげでもう一年も、辰弥庁の官が冶古の真似事《まねごと》をする始末」

「なるほど。宮人らが、おまえになんとかしてくれと泣きついたか。我らを恐《おそ》ろしい、煩《わずら》わしいと感じるなら放《ほう》っておけばよいものを」

「とんでもない。一人で衣《ころも》をあらためることもできぬでしょう」

「うるさい」

話を聞いているうちに紗良は怒《いか》りやら悲しみやら寂《さび》しさやらに襲《おそ》われ、自然と頭が垂れた。

一日でも長く生きて紗和子たちに災《わざわ》いが訪《おとず》れないよう励《はげ》むつもりだったが、こうまで人扱《あつか》いされないと、自分っていったいなんだろうと思えてくる。

いや、ここで挫《くじ》けてどうする。幾年《いくとせ》もしぶとく生きて、やあ、すぐに死ぬと思いましたか残念でした！　とこの美しく酷薄《こくはく》な貴人たちに胸中で高らかに言い放ってやろう。

身分の高さ低さは自分ではどうにもならない。だけど心の高さ低さは自分だけが変えられる。

「蓮《はす》は泥《どろ》に咲《さ》く、おまえもそういう者になりなさい」と紗良を育ててくれた村の長老が言っていた。そうなりたいと思う。

負けてなるものか、と自らを鼓舞《こぶ》して顔を上げたとき、由衣王と視線がぶつかった。

「この鈍《にぶ》い冶古はまだわかっておらぬ」

由衣王は小首を傾《かし》げて笑《え》みを深めた。

「俺が竜だぞ」

彼は大きな一歩で距離《きょり》を詰《つ》めると、被衣を扇の先でついとずらし、紗良の顔を覗《のぞ》きこんだ。

「西の路《みち》の果て、宵霧宮《よいぎりのみや》の竜神、由衣王。俺を見て、古《いにしえ》の時めく榔帝《ろうてい》はこう感嘆《かんたん》した。これはゆえなき美しさであると。それから本性《ほんしょう》を見てこう畏怖《いふ》した。これはゆえなき醜《みにく》さであると。反する由《よし》をまとうゆえに、こう呼ばれる」

紗良は息を呑《の》む。

「おまえは神の皮をかぶったおぞましい怪獣《かいじゅう》に侍《はべ》るというわけだ」

人への憎悪《ぞうお》を瞳に隠《かく》すこの貴人が、竜なのか。

二章　貴やかなるは、夜の花鳥

紗良《さら》は濡羽色の庇車に乗せられた。桃《もも》の木の垣《かき》を巡《めぐ》らせた桃天門《とうてんもん》の大路を渡《わた》り、西へ曲がる。白天門の大路には白木蓮《はくもくれん》の垣、赤天門の大路には梅の垣というように植栽《しょくさい》される種類が決まっているのだとか。なんにせよ、道々が季節の花木で溢《あふ》れるのなら、まるで楽土のような都だ。あるがままに草花が月日を巡る山月府《さんげつふ》とは、人が暮らす場所さえ違う。

中央奥側に位置する大内裏《だいだいり》は一辺がおよそ百六十路。わずかに南北の路のほうが長く設計されている。（※一路＝十メートル）

ちなみに、天都《てんと》の路の整備は苑部庁《えんぶちょう》が指揮を執《と》っている。

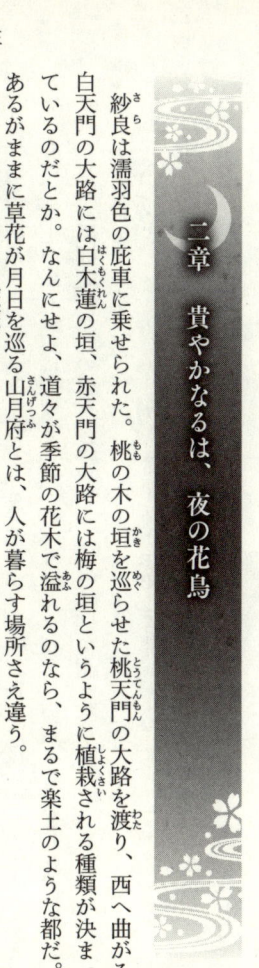

図京《ときょう》には十二庁が存在する。先の苑部庁に、貢物《こうもつ》の類《たぐ》いを管理する隠蔵庁《おきくらちょう》、軍を抱える褐部《かちぶ》庁《ちょう》などだ。なかでも重要なのは禁裏《きんり》の政《まつりごと》全般《ぜんぱん》を司《つかさど》る紀務庁《きのつかさちょう》、祭事関連を司る織部庁《しきぶちょう》、宮中全般の采配《さいはい》権を持つ繚部庁《りょうぶちょう》だ。その他《ほか》に、竜神を祀《まつ》る辰弥庁《たつみちょう》が設けられている。こちらは司法を管轄《かんかつ》する犀部庁《さいぶちょう》や陰陽《おんみょう》博士を抱える紀務庁などの干渉《かんしょう》を受けつけない。宮中にありながら独立した令制として存在する。ただ、そうはいっても現実問題として、織部庁からの奏上を撥《は》ね除《の》けることは不可能だ。宮中の神事に関わる要望にはやはり耳を貸すより他にない。

庇車は、大内裏側へは向かわず、由衣王《ゆいおう》の城がある宵霧宮《よいぎりのみや》をまっすぐに目指している。彼に、慎《つつし》みを欠いた行為《こうい》はやめろと窘《たしな》められたため、車箱から路の様子を確かめることもできない。

だから紗良はおとなしく座っているのだが、由衣王からの視線が痛い。

なぜこの方はこうも不躾《ぶしつけ》にじろじろと自分を見るのだろう。

というよりもなぜまた同じ車に乗せたのだろう。

臭《くさ》い見窄《みすぼ》らしい鈍いなどと、散々悪態をつかれている。よほどこちらの存在が気に食わないに違いない。不思議と老成した雰囲気《ふんいき》を持つあの白長督《しろながのかみ》との会話でも、それは明らかだ。

だったら目の届く場所に置かなければいいのよ、と紗良は捻《ひね》くれた思いを抱《いだ》く。

だいたい予想はしていたが、まったく前途《ぜんと》多難である。きっとことあるごとに暴言なり体罰《たいばつ》なりが与《あた》えられるのだろう。天上人たちからの風当たりが強くてつらい、なんていうかわいい範囲《はんい》の苦痛ではすまなそうだ。いまからうんざりしてしまうが、とにかく目立たず、口答えせず、地に落ちる影《かげ》のようにひっそりと生きるしかない。しかし粗末《そまつ》な扱いでいっこうにかまわない。心は、地上の里人たちに捧《ささ》げてきた。じゅうぶんすばらしい日々をすごした。

これから死ぬ瞬間《しゅんかん》まで灰色の日々が続いたとしても笑顔で耐《た》え抜《ぬ》ける。

「……なにを考えている？」

どこか警戒心《けいかいしん》をうかがわせる、刺々《とげとげ》しい口調で由衣王が問う。

この身だけでは飽《あ》きたらず、頭のなかの考えまでも全部差し出せというのだろうか。

「畏《かしこ》き竜の方、恐《おそ》れ多くもお答えします。図京があまりにも立派で美しく、天の皆様《みなさま》も月よ花よとたとえずにはいられぬほどに麗《うるわ》しくていらっしゃるので、本当に私などに大役がつとまるのかと、我が身の卑小《ひしょう》さを嘆《なげ》いていたところでございます」

「心にもない鬱陶《うっとう》しい弁明はよせ」

由衣王はぱちんと、閉じた扇で自分の腿《もも》を軽く打った。

「ああ、おまえもやはり退屈《たいくつ》だ。世辞に虚言《きょげん》、勘気《かんき》を恐れて顔色をうかがうばかり。だから里人などいらぬというのに」

反論したくなる気持ちを殺して、ひとまず謝罪をしようと頭を下げかけたとき、急にがたっと庇車《ひさしぐるま》が揺《ゆ》れた。ごろごろと屋形のなかを転がってしまいそうな紗良の身を、由衣王が力強い腕《うで》でさっと抱《だ》きとめる。びっくりしながら由衣王の顔を見上げた直後に、庇車が停止する。

「何事だ」

紗良を抱えながら、由衣王が外へと問う。すぐには返事がない。外がざわついている。

由衣王は眉根《まゆね》を寄せると、「ここにいろ」と強い口調で言い捨ててすばやく几帳《きちょう》を開き、浅沓《あさぐつ》さえ履《は》かずに出ていった。紗良はしばらくそわそわしていたが、好奇心《こうきしん》には勝てず、そっと几帳から顔を覗かせた。夜の刻、空気は生ぬるく、うっすらと霧《きり》がかかっている。

――他の神車《かぐるま》がとまってる。

前方に、数台の神車が見える。が、どうも様子がおかしい。

こちらの屋形を引く黄金の虎《とら》――羽羽獅《うばし》という、天上人のみが所有できる天の獣《けもの》――も警戒《けいかい》するようにひっきりなしに尾《お》を振《ふ》っている。手前の神車をじっと見つめ、紗良は悲鳴を飲みこんだ。前簾《まえすだれ》の部分におどろおどろしい大きな女の顔が浮《う》かんでいる。屋形から、大女がぬうっと顔を突き出しているような感じだ。幻《まぼろし》か、それともあたりに漂《ただよ》う霧が物の怪《け》のように見せているのかと何度も瞬《まばた》きをして確かめたが、やはり女の顔で間違《まちが》いなかった。ぎょろぎょろと目玉が動いている。その動きに合わせて、面輪《おもわ》を包む乱れ髪《がみ》もぬらぬらと蠢《うごめ》いていた。

「朧車《おぼろぐるま》か？　陰陽師はなにをしている」

由衣王の声が耳に届く。視線を巡らせば、朧車と呼ばれた怪《あや》しい乗り物の横に、由衣王が立っている。彼のそばには松明《たいまつ》を持つ官吏《かんり》や羽羽獅童子《うばしどうじ》、白長督、それに見知らぬ長身の貴人が二人いた。羽羽獅童子とは、羽羽獅を恙《つつが》なく歩ませる者のことだ。

紗良は、ぽかんとした。はじめて目にするその貴人たちが、由衣王に引けを取らぬほど姿が美しかったからだ。一人は女のように髪が長いが、なんとも独特な色合いだった。肘《ひじ》のあたりまでは赤菊《あかぎく》のように鮮《あざ》やかだが、そこから下は徐々《じょじょ》に薄《うす》まり、下部は雪のように白くなっている。両耳の位置に、髪と同化しそうな赤菊の花と色濃《いろこ》い緑の葉の飾《かざ》りをつけていた。衣は卯木《うつぎ》の袍《ほう》、重ねは若葉色。武官のような出《い》で立ちではないのに、なぜか片手に太刀《たち》を持っている。

その貴人はこちらに背を向けて由衣王らと話をしているため、顔立ちまではわからない。

もう一人の貴人は顔が見えた。柔《やわ》らかな朽《く》ち葉色をした短い髪。片目に前髪がかぶってしまっている。孔雀《くじゃく》の羽と宝玉の耳飾《みみかざ》りをつけている。由衣王よりも多少年上に見えた。二十代後半だろうか。美丈夫《びじょうふ》という言葉があてはまりそうな彼が、一番背が高い。こちらの直衣《のうし》は萌葱《もえぎ》の袍に下襲《したがさね》が薄紅梅《うすこうばい》という風雅《ふうが》な色合いだった。なぜか彼も手に弓を持っている。

「――それでおまえたちは、朧車を追ってきたと？」

「仕方ないだろう、俺の宮で異形に変じた冶古《やこ》だ――」

「まだこのあたりに――」

なにやら深刻な表情で話しこんでいる彼らだったが、ふいに赤菊の色を持つ髪の貴人がこちらを振り向いた。酷薄そうな、婀娜《あだ》っぽい顔立ちの貴人だった。

彼につられるようにして、隣《となり》に立つ朽ち葉色の髪の貴人も振り向いた。すっと通った鼻筋に色気のある厚めの唇《くちびる》。どこか飄然《ひょうぜん》とした雰囲気を持っている。

最後に由衣王も振り向いた。彼らは紗良と目が合うと、「あ」と驚《おどろ》いたような表情を浮かべた。好奇心丸出しで覗《のぞ》き見していたことに驚かれたのかと紗良は焦《あせ》った。

だがそうではないとすぐに悟《さと》る。紗良の背後――つまり後簾側から、がさごそと音が響《ひび》いた。誰《だれ》かが屋形に入ってきたかのような。紗良は一瞬、息を呑《の》んだ。ぞわりと首筋が粟立《あわだ》つ。錯覚《さっかく》などではなく、背後から冷気のような不吉《ふきつ》な風がひゅうと流れこんでくる。覚悟《かくご》を決めておずおずと振り向き、心底その行動を後悔《こうかい》する。弊衣《へいい》をまとった鬼面《きめん》の異形が、這《は》うようにして車箱に侵入《しんにゅう》していた。からくりのようにぎくぎくとした不自然な動きだ。

「あ、あ……っ」

地上では怨霊《おんりょう》や悪鬼の類いと遭遇《そうぐう》したためしがない。忌《い》み日は外へ出ないよう心がけているといった程度。もっと言うなら方忌《かたい》みなども貴人の文化であるため、紗良たち里人にはほぼ関係がない。天一神《てんいちじん》や金神《こんじん》がわざわざ地上になんか降りてこないだろう。

里人にとって一番警戒すべき怪《かい》は、やはり水鹿神《みかがみ》なのだ。

鬼面の異形が獣のような唸《うな》り声を上げてこちらに腕を伸《の》ばしてきた。紗良は全身を石のように硬《かた》くし、はくはくと口を開けた。恐怖《きょうふ》で悲鳴すら上げられない。濁《にご》った目玉、太い角、耳まで引き裂《さ》かれた口。青白い肌《はだ》には黒い染《し》みが浮かび、斑《まだら》模様を作っている。

異形に触《ふ》れられる寸前、紗良は自分を奮い立たせた。いつもの負けん気はどうしたのだ。怯《おび》えるばかりのか弱い女じゃないだろう、足を動かせ！　異形を外へ蹴《け》り出せ！

「あ……っちへ行ってよ‼」

声を絞《しぼ》り出して必死に暴れる。無我夢中で異形を蹴り、その腕を叩《たた》く。

が、異形はものともしない。紗良の攻撃《こうげき》は異形を怯《ひる》ませるどころか、逆に怒《いか》りを植えつけたようだ。恐《おそ》ろしい力でこちらの足首を摑《つか》み、後簾から引きずり出そうとする。

紗良は床《ゆか》に指を立てて抵抗《ていこう》した。袖《そで》がめくれ、肘や手首が床をこする。そこにびりっと痛みが走った。腕の下に入った髪も一緒《いっしょ》にこすってしまい、ちぎれそうになる。

「や……っ」

この異形に食い殺されるのではないか。そんな妄想《もうそう》が膨《ふく》らみ、涙《なみだ》が滲《にじ》んだときだ。

突然《とつぜん》、ぎゃああああという悲鳴が車箱内に響いた。慌《あわ》てて鬼面の異形のほうへ顔を向ける。

その瞬間、全身が凍《こお》りついた。鬼面の頭部になにかがぶすりと突き刺《つ》さっていた。いや、誰かが外から箱車内に上半身を入れ、異形の頭部に素手《すで》で弓矢を突き刺《さ》していたのだ。

「えっ……、え、え」

油瑚《あぶご》のあかりがその人物の顔を映し出す。

見惚《みほ》れていいのかひたすら怖《こわ》がるべきか、紗良はもうわからなくなってきた。というのも、その人物も由衣王たちのように際立《きわだ》って美しい顔立ちをしていたのだ。年の頃《ころ》は二十前後。愁《うれ》いを含《ふく》んでいるような青い瞳《ひとみ》。色白で線が細く、中性的な雰囲気を持っている。髪は露草《つゆくさ》色だ。横に流した長めの前髪が、優《やさ》しく顔の輪郭《りんかく》を包んでいる。だが、後ろ髪はかなり長いようだった。後部でひとつにまとめており、それが肩《かた》にかかって胸側に垂れ落ちていた。豪奢《ごうしゃ》な螺鈿《らでん》の髪飾《かみかざ》りを耳の上につけている。衣《ころも》は撫子《なでしこ》の色の袍、その下に青磁の色を着ている。

紗良と目が合うと、その貴人はにこっと親しげに微笑《ほほえ》んだ。異形の頭部に刺した弓矢を握《にぎ》った状態で。

おののく紗良から視線を外すと、彼は繊細《せんさい》な容貌《ようぼう》を裏切る残酷《ざんこく》な行動に出た。

鬼面の異形のざんばら髪を無造作に引っ掴み、ぶちりと首をねじ切ったのだ。

「――」

叫《さけ》ぶ前に、背後から腕が伸びてきて、紗良の腰《こし》を掴む。抵抗する間もなく前側の几帳から外へと出される。浮遊感《ふゆうかん》に、ひっと喉《のど》の奥が震《ふる》えた。誰かに抱《かか》え上げられる。紗良は身を仰《の》け反らせ、手足をばたつかせて抵抗した。新たな異形に捕《と》らわれたと誤解したのだ。

「なにもせぬ、暴れるな」

叱責《しっせき》の声が耳元で響く。涙目でうかがえば、こちらを睨《にら》み下ろしているのは由衣王だった。

震える息をこくりと飲み下し、なんとか冷静さを取り戻《もど》す。彼が自分を車箱から引っぱり出して抱き上げたのだと理解する。が、納得《なっとく》できたからといって、恐怖が消えるわけではない。

硬直《こうちょく》する紗良を抱き上げたまま彼は神車から離《はな》れると、呆《あき》れた顔でこちらを眺《なが》めている白長督のほうへ近づいた。その途中《とちゅう》、ぎゃあああ、とふたたび悲鳴が響き渡《わた》り、紗良はとっさに由衣王の首にしがみついた。

「なに？　今度はなんなの⁉」

「落ち着け。手出しはさせぬ」

そう言われても、この状況《じょうきょう》で落ち着けるはずがない。紗良はあちこちに視線を走らせた。恐怖が波のように全身を覆《おお》う。桃《もも》の木が並ぶ大路に、車箱に侵入していた鬼面の異形の仲間がいる。それを、赤菊の髪の貴人と、朽ち葉色の髪の貴人がそれぞれ手にしていた武器で退治していた。ついでといった様子で朧車もさっくり切り捨てている。

次々と上がる怪の悲鳴に、神車のまわりを右往左往していた官吏たちが飛び上がった。

紗良も由衣王にしがみつく腕に力をこめた。このとき由衣王がぽんぽんと宥《なだ》めるように背を叩いてくれたのだが、衝撃《しょうげき》の光景に意識を取られてそれに気づかなかった。

——なっ、なにあれ⁉　天都《てんと》って怨霊や鬼《おに》がうじゃうじゃいるの？　天都怖い！

「どうやらすべて仕留めたようで」

と言ってこちらに歩み寄ってきたのは、柔和《にゅうわ》な笑《え》みを見せる露草色の髪の貴人だが——片手に、矢が突き刺さったままの異形の首をぶら下げている。

由衣王の腕のなかにいることも忘れ、紗良は引きつった顔で逃《に》げ出そうともがいた。転がり落ちる前に、由衣王が慌てて紗良を抱え直す。

「暴れるなと言ったろう！」

震えがとまらない。異形そのものより、微笑みながら首を持ってくるこの貴人のほうがよほど恐ろしい。

「王の方々にお頼《たの》み申し上げる。もう少し穏便《おんびん》に片をつけてはくださらないか」

白長督が疲労《ひろう》の滲む表情で言った。

「この場で竜化《りゅう》せず、人の姿のまま仕留めたのだから、じゅうぶん穏便と言えるのでは？」

由衣王は紗良をしっかり抱《だ》きかかえると、突き放すように言った。白長督が重い息を落とす。

「三王の方々は朧車《おぼろぐるま》を追いまわされたのでしょう？　道理で図京内の気が荒《あ》れている」

「道々に桃を植えた程度で邪《じゃ》のすべてを退けられるとでも？　内から生じる鬼にはなんの効力も持たぬ。百鬼を逃《のが》す陰陽師《おんみょうじ》の怠慢《たいまん》をまず責めるべきでは？」

由衣王は、ぞっとするような冷酷《れいこく》な声音《こわね》で応酬《おうしゅう》する。

「まあ、もとを正せば、我《われ》ら竜の咎《とが》とも言えますが」

露草色の髪の貴人が優しく笑いながら口を挟《はさ》む。我ら竜という言葉に紗良は、はっとする。

由衣王はさらに冷ややかな顔を見せると、露草色の髪の貴人を睨んだ。

「小瑠王《こるおう》、余計な言を垂れ流す前に、その首をなんとかしないか」

「ああ、これ？」

淡《あわ》い色の睫毛《まつげ》に彩《いろど》られた青い瞳が、自身の手に提《さ》げられている首へと向かう。だが、ふっと彼の視線がこちらへ動く。

「ところで由衣、その娘《むすめ》は？」

「……こたびの冶古だ」

由衣王が苦々しい表情で答える。

「里人ですか。見るからに薄汚《うすよご》れていますねえ」

小瑠王、と呼ばれた露草色の貴人が苦笑《くしょう》する。

恐怖一色だった胸のなかに、じわりと暗い感情が滲む。この貴人も、里人を見下すのか。

足音が近づいてきた。異形の群れを始末し終えた貴人二人がこちらへ戻ってきたのだ。

「なんだ、やっぱり冶古を連れてきたのか？　どうせすぐに死ぬのに」

赤菊《あかぎく》の貴人が紗良のほうにひょいと顔を近づけ、にんまり笑う。

「これはまた、とりわけ貧相な里人だな」

朽《く》ち葉色の貴人は面倒《めんどう》そうにこちらを一瞥《いちべつ》する。

――この方も同じなの？

恐怖や怒り、悲しみと、様々な感情が鞠《まり》のようにあちこちへ跳《は》ねる。目立たず生きねばと自分に誓《ちか》ったばかりなのに反発したくなる。

「多々王《たたおう》、月時王《つきじおう》も、里人をからかうのはおやめください」

白長督が口角を下げて小言を言う。

その彼を、多々王と呼ばれた赤菊の貴人が斜《なな》めに見下ろし、鼻で笑った。

「からかってなどいない。事実だろ？」

「そうであろうと、これは罪なき者です。多少は慈悲《じひ》を見せるものでしょう」

「ははっ、おまえは慈悲という名の虚言《きょげん》を吐《は》けというのか、ばからしくて愉快《ゆかい》だな」

多々王は、髪と同じ真っ赤な色の瞳を紗良に向ける。

「新たな冶古《やこ》よ、おまえはどちらがお好みだ？　生ぬるい嘘《うそ》か、厳しい真実か」

「……お、恐《おそ》れ多くも申し上げます、竜の方」

小瑠王が先ほど、我ら竜と口にしていた。由衣王と比肩《ひけん》するその美しさで容易に想像がつく。

この多々王や月時王もまた、四の宮の主たる竜に違《ちが》いない。

「どんなときも真実を望みます。私たち里人はつまらぬ身、ですが心までつまらぬものとなってしまえば加護をくださる地の神々に申し訳が立ちません。ゆえに、心を強くし、その厳しさに打ち勝ちたいと存じます」

「心構えは立派なことだ」

多々王は、紗良の言葉をかけらも信じていないような冷め切った微笑を浮《う》かべる。

「まあ大抵《たいてい》は、死期が近いと悟《さと》れば心も歪《ゆが》むぞ。これのように」

彼の視線が、小瑠王の持つ異形の生首へと向かう。小瑠王は虫一匹《ぴき》の命さえ惜《お》しむような儚《はかな》げな表情を見せながら、その生首をいきなり紗良の顔に近づけた。全身が総毛立つ。

「これがなにかわかります？」

小瑠王が甘えるような声で問う。この貴人が一番苦手かもしれない。

「悪鬼《あっき》、とか……？」

震えながらも答えると、竜の王たちは一斉《いっせい》に笑った。

「確かに、ある意味悪鬼ですね」

小瑠王は、つん、と生首の頰《ほお》を指先でつついた。その指で、今度は紗良の頰もつつく。

「これね、あなたと同じ神奴冶古《かめやこ》だったんですよ」

「——神奴冶古」

「うん、そうです。あなたの前に、我ら竜に仕えていた冶古」

繊細な美貌《びぼう》の小瑠王から生首へ、ゆっくりと視線を動かす。冷たい手で背中をすうっと撫《な》でられたような心地《ここち》になる。この首が……異形の者が冶古。なぜこんな姿に？

「一年ほど前になります。穢《けが》れと恨《うら》みつらみを身に抱えすぎて、ついに果てたのですが、ある日その屍《しかばね》が行方知れずとなりました。ところが今宵《こよい》、なんの前触《まえぶ》れもなく出現した。朧車の怨《おん》念《ねん》に取りこまれ、本格的に鬼と化したようで。ああ、朧車とは、榔帝《ろうてい》の寵《ちょう》を争う女たちの恨みが形をなした怪《かい》ですよ。大きな害はないのですが、遭遇《そうぐう》した者の精気を奪《うば》うので、注意して」

紗良は混乱しながらも、小瑠王の話を必死に咀嚼《そしゃく》する。

するとこの生首は──近い未来の、自分の姿？

「差し上げましょうか？」

小瑠王が生首を軽く振《ふ》る。紗良は胸が悪くなってきた。きっと嫌《いや》がらせに違いないが、それにしたってあんまりじゃないだろうか。里人には感情すらないとでも思っているのか。

答える気力もなくなり、俯《うつむ》きかけたとき、突如《とつじょ》、ごぽっと生首が呻《うめ》いた。仰天《ぎょうてん》する紗良に向かって、生首が真っ黒い塊《かたまり》を吐き出す。紗良は目を剝《む》き、肩にへばりついたぬるつくその塊を放《ほう》り投げようとした。だが、ふと動きをとめる。あたたかい──生きている？　それに、翼《つばさ》がある。全身を覆う粘《ねば》ついた真っ黒い液体のせいで、翼を広げられないでいるようだ。

「あっ」

これは烏《からす》だ。一瞬《いっしゅん》、濁《にご》った瞳《ひとみ》が紗良を捉《とら》えた。苦しそうだった。悲しそうにも思えたし、なにかを訴《うった》えかけているようにも思えた。よく見ると、紙縒《こよ》りが身に巻きついている。

液体が原因というより、この紙縒りに縛《しば》られているため動けずにいるようだ。

「なんと。これはいけません」

小瑠王が慌《あわ》てたように生首を放り捨て、鳥に手を伸《の》ばそうとした。紗良は自分でもなぜそうしたかわからないが、ぎゅっと鳥を抱《かか》えこみ、彼から庇《かば》った。

「穢れが形を持ったのか？　それとも冶古が目についた獣《けもの》を手当たり次第《しだい》に貪《むさぼ》ったか。――早く小瑠王に渡《わた》せ。おまえにも穢れが移るぞ」

由衣王が叱《しか》るような声で言う。ふたたび小瑠王が手を伸ばしてきた。

紗良はとっさに身をよじった。由衣王の腕《うで》から転がり落ちたが、なんとか鳥は手放さずにすんだ。急いで数歩、彼らから距離《きょり》を取る。

「こら」

由衣王が険しい顔をして腕を掴《つか》もうとする。紗良はうろうろしたあと、呆気《あっけ》に取られている月時王の後ろに逃げた。「うん？」と月時王が困惑《こんわく》した様子で振り向く。

「――この子は、生きているようですので、どうか殺生《せっしょう》は」

「生きる、の境界とはなんだ？」

由衣王が、刺《さ》すような視線をこちらに向ける。紗良の盾《たて》状態になっている月時王が両手をひらひらさせて、「俺を巻きこむな……」とぼやく。

「果たして、恨みつらみを抱えた怪は、生き物か？」

「それは……」

「可哀想《かわいそう》な物の怪《け》は、同情心で生きていることにするのか。では悪《あ》しき怪は？　いや、そもそも誰《だれ》にとっての悪だ。人か。神か。怪か、それとも里人か、天上人か」

ぐっと紗良は息を詰《つ》める。明快な線引きは、自分のなかに存在しない。

「学なき私に条理はわからず、ただ自身の感じるままにこのつれなき世を見つめるばかりです。それしか、物事の行方を知る方法がありません」

「わからぬと安易に嘆《なげ》くなら、わかる者に渡せ」

由衣王が大きく一歩を踏《ふ》み出し、月時王の背に隠《かく》れる紗良を覗《のぞ》きこむ。紗良は首を左右に振った。

「この命を、蓮《はす》のようだと思ったんです」

「なに？」

「泥《どろ》から懸命《けんめい》に顔を出そうとする命だと。そんな気がしました。……きっとしっかり洗えば穢れも落ちると思います。ですのでどうか」

「確かにこれは生きていますね」

真横から響《ひび》いた声に、紗良はどきっとした。いつの間にか忍《しの》び寄ってきていた白長督が、興味深そうに紗良の腕のなかにある鳥を見つめる。

「救う価値があるかはわかりませんが……、おや、紙縒りが……これは呪術《じゅじゅつ》？　どこぞの陰陽《おんみょう》師《じ》の式か？　調べてみますか。どれ、私に寄越《よこ》しなさ――」

白長督の言葉の途中《とちゅう》で、由衣王が不愉快極《きわ》まりなしといった表情を浮かべながらも紗良の肩《かた》を自身のほうへ引き寄せる。

「よい。これがもしも怨《おん》の塊であれば、俺のそばにあるほうが始末しやすい」

「なりません。もしも陰陽師の式であった場合、始末すれば穢れが返ってしまう恐《おそ》れがあります」

「だから？」

「陰陽師は紀務庁に属する者。いがみ合うのは得策ではありません」

「俺に言うな。あちらのほうこそ争っても利にならぬとわかっているだろうよ」

「そうであってもです。人の心は移りやすいのですよ。波風は立てぬほうがよい」

「知らず立つのが波というもの。風に吹《ふ》くなと命じても聞き届けられるはずもなし」

「王、戯言《ざれごと》は……」

言い合う二人を交互《こうご》に見て、紗良はめまぐるしく考える。どうにかしないと。竜《りゅう》たちにこの命を渡せば始末される可能性が高い。白長督に預けたところで結果は変わらない気がする。

――とりあえず、この紙縒りが問題なの？　手で簡単に取れそうだけど。

紗良には術の怖《こわ》さがよくわからない。思い切って紙縒りを引きちぎる。こちらを注視していたらしい小瑠王と多々王が、「おお」と呑気《のんき》な驚《おどろ》きの声を上げる。その反応で由衣王たちも紗

良の行動に気づき、ぎょっとした顔をする。

烏を染めていた真っ黒い液体がざあっと周囲に広がった。塵芥《ちりあくた》が強風に飛ばされたかのようだった。紗良はその穢れた息吹《いぶき》をもろに顔に浴びた。こちらに手を伸ばす由衣王の姿が見えた。紗良の腕から飛び上がった烏の翼が白く変わっていく様子も。

その直後、頭に布でもかぶせられたように視界が闇《やみ》に覆《おお》われ、紗良は気を失った。


子《ね》の刻、つまり日のまたぐ時刻。宵霧宮、桔梗《ききょう》の里の釣《つ》り殿《どの》にて。

宮の主たる由衣王を除いた三竜が、そこで黙々《もくもく》と酒を酌《く》みかわしている。朱漆《しゅうるし》の高杯《たかつき》には瓜《うり》や桃《もも》などのくだもの、それから餅餤《へいだん》、糫餅《まがりもちい》などの菓子《かし》も用意されている。彼らのそばに女官《にょかん》や冶古《やこ》の姿は見えない。

快い夜風が池の水面《みなも》をかすかに揺《ゆ》らす。彼らは、池に浮《う》かぶ小島のほうへ気難しい表情を向けている。そこには見事な瘤《こぶ》を持つ楓《かえで》の木がある。小島の近くに見える反り橋は、日の下なら優美な菖蒲《しょうぶ》色とわかるが、夜も深まるこの時刻ではただ黒々とした輪郭《りんかく》を浮かばせるのみだ。

秘儀《ひぎ》の最中は強い煌《きら》めきを放っていた三日月も、終わればもとの慎《つつ》ましい輝《かがや》きに戻《もど》る。釣灯《つりどう》籠《ろう》の明かりだけでは手元を照らすには足りぬため、燭台《しょくだい》も板《いた》敷《じ》きに並べている。

人の子ならとうに夢路につく時間だが、竜たる彼らは夜のほうが活発になる。反面、朝に弱い。起床《きしょう》が昼をすぎることも珍《めずら》しくない。基本的に彼らは人のように規則正しい睡眠《すいみん》を必要としないのだ。数日眠《ねむ》らずとも問題はない。逆に丸一日微睡《まどろ》むときもあるが、このあたりは竜の特性によって差が見られる。月時王と小瑠王は冬に調子がよく、多々王は夏に力を増す。

由衣王に関してはどの季節もさほど体調に変化は見られず、単なる感情の部分で春を好むといった程度だが、朝より夜のほうが、能力が高まる。

微妙《びみょう》な空気のなか、手燭を持った袿姿《うちき》の女房《にょうぼう》と由衣王が釣り殿に戻ってきた。

この女房は白長督の使役《しえき》する式である。宮の家政の大半は彼が送りこんだ式たちが担《にな》っている。思い出したように辰弥庁の官人が世話役として宮へ派遣《はけん》されることがあるが、ひと月持たずして皆《みな》、音を上げ、逃《に》げ帰る。なにせ竜たちは里人だろうが貴人だろうが関係なく、とにかく人という種を疎《うと》んじている。威圧《いあつ》に難癖《なんくせ》、暴言が続けば官吏《かんり》の心も挫《くじ》けて当然だ。直接的な暴行がないのがせめてもの救いか。白長督は苦肉の策で式を使い――というより先の督《かみ》から式を駆使《くし》せよと忠告を受け、それに従っている状態だ。その督もまた先代から、先代もまた先々代から、といった調子で、長寿《ちょうじゅ》である四竜の人嫌《ひとぎら》いはなかなかに根が深い。おかげで辰弥庁の長官は、本家の陰陽師たちと並ぶほど呪術に精通しておらねば務まらない始末。しかし式だけではなにかと不都合も生じるため、機を見ては官吏を宮に送りこんでいるのだった。

「しばらくこちらへは近づくな。用があれば鈴《すず》を鳴らす」

由衣王が酒の座に加わり冷然と命じると、式は微笑《ほほえ》みを残して通廊を戻っていった。

しばらく沈黙《ちんもく》がその場を支配する。

式の姿が完全に見えなくなった頃《ころ》、多々王が無言で由衣王の杯《さかずき》に酒を注《つ》いだ。

それを一口飲み、由衣王は吐息《といき》を漏《も》らす。

「──それで、里人の娘《むすめ》はいまどこにいるんです？」

小瑠王が座り直し、躊躇《ためら》いがちに問いかける。

「対屋《たいのや》に寝《ね》かせている」と由衣王は脇息《きょうそく》にゆったりともたれかかり、そのゆえなき美貌《びぼう》に相応《ふさわ》しい冷たい声で答える。

「驚きましたね。生首が吐《は》き出した生き物は天帝《てんてい》の使いたる白烏《しろがらす》、瑞鳥《ずいちょう》でしょう」

小瑠王は先刻の出来事を思い返すように遠くへ視線を投げた。

今夜の儀《ぎ》にて召《め》された里人の娘が、穢《けが》れにまみれた鳥を縛《ばく》する紙縒《こよ》りをちぎった直後のことだ。鳥を覆っていた穢れが弾《はじ》け飛び、本来の優美な姿を取り戻したのだ。

白い翼《つばさ》に赤い嘴《くちばし》、黒と極彩色《ごくさいしき》の長い尾羽《おばね》。体長は通常の鳥と変わらないが、その特徴《とくちょう》的な尾羽こそが瑞鳥の証しだった。総じて白きものは神の気をまとう。豊けし空界に通ずる力を持つ。

白烏もまた霊獣《れいじゅう》であり、極めて優《すぐ》れたる者、または世を揺り動かす者のもとに降りてくる。

「しかし微妙なところだな。術で縛されていただろ？　ならあれは、里人のためじゃなくて、別の覇者《はしゃ》に寄り添《そ》うために現れたものなんじゃないか？」

多々王が唇《くちびる》の端《はし》についた酒を親指で拭《ぬぐ》いながら、内に湧《わ》いた疑念をこぼす。

「邪心《じゃしん》を抱《かか》える何者かが、それを阻止《そし》すべく呪詛《じゅそ》したのかもしれませんね」

「いや、待て。こうも考えられるぞ。榔月府《ろうげつふ》に降りた白鳥を、縁起《えんぎ》がよさそうだからとどこかの考えなしのばかが術を放って仕留めようとした、とも」

「本物の瑞獣《ずいじゅう》であるとは気づかずに、ですか」

「ああ」

二人は意味深に視線をかわす。

白き獣《けもの》は縁起物、だから帝《みかど》や時の権力者に貢物《こうもつ》として差し出すといった行為《こうい》は珍しくない。皇后冊立《さくりつ》の際にも紀務庁の監視《かんし》の下《もと》、鶴《つる》や鵠《くぐい》といった羽の白い鳥が必ず揃《そろ》えられる。

「里人のために現れたという可能性もまだ捨てきれませんよ。占《せん》にて、いち早くそれに気づいた術師が横から掠《かす》め取ろうと企《たくら》み、あげく捕縛《ほばく》に失敗したのかもしれません」

「まあな」

しかし、本物の瑞鳥が右記ノ國《うきのくに》に飛来するなどいったい何百年ぶりか。少なくとも既《すで》に二百を超《こ》える彼らの代では、ただの一度も現れていない。

「こうるさい白長督は、あれを瑞鳥だと察しただろうな」

面倒《めんどう》そうに溜息《ためいき》を落としたのは、これまで聞いているのかいないのか判別しがたい表情で酒を飲んでいた月時王だ。彼の視線は、気怠《けだる》げな様子で俯《うつむ》いている由衣王に向かっている。

「腐《くさ》っても辰弥庁の長《おさ》だからな。ま、他《ほか》のやつらはわかっていないようだったから、白長督さえ丸めこめばどうとでもなるだろ」

行儀悪《ぎょうぎわる》く脇息に頬杖《ほおづえ》をついて皮肉な笑いを漏らす多々王に、小瑠王が呆《あき》れた顔をする。

「多々王、たとえ暇潰《ひまつぶ》しにはちょうどいいのだとしても、あまり彼をいじるのはおやめなさい。歴代の督と違《ちが》ってあれはわりと融通《ゆうずう》がきくのですから、ここで退官されては困ります」

「おまえが言うな。虫一匹《ぴき》殺せぬ顔をしておきながら、鬼《おに》の頭を宮の前に積み上げたくせに」

「若気の至りというもので」

「ふざけるな」

多々王が笑った。そう詰《なじ》る彼も先日、図京潜入《せんにゅう》を目論《もくろ》んでいた異国の密偵《みってい》を嬉々《きき》としながら血祭りにあげている。似た者同士の二人なのである。

「それで、由衣。白鳥は里人のもとにいるのか？」

じゃれあう紅竜と碧竜《へきりゅう》を見て、月時王が苦笑《くしょう》しながら由衣王に問う。

「……いる。あの里人からいっこうに離《はな》れようとせぬ」

「ふうん。なら仮にはじめは他の覇者のために降りたのだとしても、いまはあれを主《あるじ》と定めたか？　だが恩義などで、天啓《てんけい》に等しい選定を捩《ね》じ曲げられるのか」

瑞獣は基本、これと定めた者以外には目もくれない。高貴なる神竜であっても気を引くのは難しい。さらにいえば、この白鳥は何者かによって呪詛されていた形跡《けいせき》がある。なおさら他者を受け入れようとしないだろう。尾羽の一部が黒いのも、おそらく瑞獣でありながら呪詛をしかけた者——つまり『人』に怨念《おんねん》を抱《いだ》いたことが原因だ。穢れが意識下に残ってしまっている。無理にあの里人から引き離せば、穢れが深まる。聖なるものが穢れると、空に凶星《きようせい》を招く。しばらく静観すべきかと月時王は冷静に判断する。

それにしても厄介《やつかい》なことになったと、彼は重い感情を飲みこむ。

よりによって竜の治古に瑞鳥が懐《なつ》くのか。賢《かしこ》い白長督は、先の波乱を見通して不用意に事を荒立《あらだ》てないよう口を噤《つぐ》むに違いないが、果たしていつまで隠《かく》し通せるだろう。気位の高い竜たちを内裏《だいり》の上達部《かんだちめ》はよく思っていない。神霊《しんれい》を重んじる皇族の目があるから、いまは竜たちに強硬《きようこう》な態度を取らぬというだけだ。彼ら公卿《くぎよう》とてむろん神霊を崇《あが》め奉《たてまつ》ることに不服はなく、祟《たた》りの恐《おそ》ろしさも、神と鬼は紙一重《かみひとえ》であることも理解している。が、人とは短命ゆえに生き急ぐ。竜に対する畏敬《いけい》の念が薄《うす》まりつつある。従順に祀《まつ》るのではなく、自らの利のために使役するものだと認識《にんしき》を変え始めているのがわかる。だから竜たちは自身が鬼神《きしん》に変じぬよう律するといった意味も含め、人に厳しく、つらく接することを常に心がけているのだが——。

「もうならぬ」

ふいに由衣王が低い声で吐き捨てた。

三竜の視線が彼に集まる。

「入水《にゆうすい》したい」

由衣王は、隙《すき》のない美貌にたっぷりの疲労《ひろう》と悲しみを湛《たた》え、その場にぱたりと身を倒《たお》した。

「俺は、健気《けなげ》な里人に対し、なんて非道な真似《まね》をしたのか……」

横たわったまま袖《そで》で顔を覆《おお》い、嘆《なげ》く。

「入水するしかない」

悶《もだ》えすぎて、脇息が向こうまで転がってしまっている。

だが、彼の苦悩《くのう》を笑う竜はここに一人もいなかった。皆、陰鬱《いんうつ》な顔で黙《だま》りこむ。

「月時、なぜ儀の前に『なるべく病弱な者か、身寄りのない者が冶古《やこ》に決まればいい』などという余計な言葉を聞かせた」

由衣王はがばりと袖から顔を上げ、月時王を責めた。冷酷《れいこく》な表情しか知らぬ官吏たちがもしもいまの彼の姿を見ていたら、「これは誰《だれ》だ」と目を剝《む》いただろう。白い頰《ほお》は感情を映して上気しているし、普段《ふだん》はきりりとしている宝玉のような瞳《ひとみ》にもうっすらと涙《なみだ》が滲《にじ》んでいる。

「すぐ死ぬ定めの者のほうが世に未練を感じずにすむだろうし、俺たちも悩《なや》まずにすむ……と思った。おまえたちとて同感だろう?」

月時王が気まずそうに目を逸《そ》らして答える。

――そう、彼ら竜は疑いようなく野蛮《やばん》であり好戦的だ。それでいて気高く、美しい。

竜もまた瑞鳥と同じく天帝の使い。やんごとなき戦《いくさ》の神である。

荒々《あらあら》しい性《さが》を持つのは当然と言える。

だがその荒々しさゆえに――儚《はかな》いものを大変好む。

小さきもの、清らかなもの。奥ゆかしいもの。そういう、自分たちよりも圧倒的《あっとう》にか弱い者が時々歯向かってくるところもまたおかしと感じている。

つまるところ、彼ら竜は人たる種が愛らしくてならない。人々の存在を快く感じていなければ、わざわざ降臨してこの世を守護などしない。

だからこそ彼らは思いもよらぬ事態にひどく傷ついている。冶古として自分たちに奉仕《ほうし》する里人が、その儚い命を散らすことを。あまつさえ恨《うら》みまで抱かれる。彼らの望む形ではない。人を守るために浴びる穢れが、結局人を殺すはめになる。

かといって、ここですごすごと空界へ戻《もど》れば、折悪《おりあ》しく擾乱《じょうらん》の期の最中にあるこの国が傾《かたむ》きかねない。竜たちにとってはまさに踏《ふ》んだり蹴《け》ったりの状態だった。浮城乃国という建国時の名がその後の命運を決定づけたのだ。地を離れて宙に浮《う》く椰月府は、水面《みなも》に浮かぶ花びらのように不安定。国内の情勢の問題ではなく、凶事を招く運気のほうにひきずられやすい。ちょっとしたことで沈《しず》む。思い切って山月府にでも遷都《せんと》すれば定めの航路を変えられるだろうが、あまで里人を軽《かろ》んじる天上人たちがいまの優雅《ゆうが》な暮らしを未練なく捨てられるはずがない。

三竜は、憐《あわ》れみの目を由衣王に向ける。

この由衣王は誰より先に都へ降りた。そこで古《いにしえ》の帝に手酷《てひど》い洗礼を受け、由衣などと不名誉《ふめいよ》な名までつけられて屈折《くっせつ》してしまったという過去がある。だが本来は、野蛮な戦神たる竜のなかでは珍《めずら》しく鷹揚《おうよう》な性格で、身を犠牲《ぎせい》にすることも厭《いと》わぬほど優《やさ》しい心を持つ。人を愛《め》でることも、また愛でられることも大層好む。はじめに接した帝との相性《あいしょう》が悪かったのだ。

「本当は、あの紗良という里人ではなく、別の娘《むすめ》が冶古となるはずだったんだ」

由衣王はふたたび突《つ》っ伏《ぶ》し、袖で顔を隠したままぼそぼそと悔恨《かいこん》の言葉を紡《つむ》ぐ。

「ところが紗良が、自分は身寄りがなく後腐《あとくさ》れがないからとその娘の代わりに名乗りをあげた。まことしいじらしかった」

彼の説明に、三竜が悩ましげな顔をした。彼らは、人のこういう健気さに極《きわ》めて弱い。

「娘たちは、互《たが》いを庇《かば》い合った」

「やめろ」

多々王が片手でこめかみを揉《も》み、小さく唸《うな》った。

「俺は動転した。どうしてこの一途《いちず》な者たちを無慈悲《むじひ》な天都《てんと》へ連れていけようか。そう思い、暴言さえ口にして退けようとしたのに娘は引かぬ。あそこで許しなりなんなり請《こ》えば、気に食わぬと適当に理由をつけて逃《のが》すこともできたろうに」

切々と語られる内容に、とうとう多々王はその場にぱたりと仰向《あおむ》けになった。普段はわざと軽薄《けいはく》な態度を取っているが、彼は誰より戦の神としての意識が強い。か弱い人が時々見せる勇ましさにぐっとくる。

「互いを守るために言い争う娘たちをなすすべなく見ているとき、月時の言葉を思い出したのだ。選ぶなら、なるべく病弱な者……」

墓場から起き上がった生ける屍《しかばね》のような緩慢《かんまん》な動きで、由衣王がずるずると上体を起こす。

月時王は闇《やみ》に沈む反り橋のほうへ視線を逃《に》がした。余計なことを言わねばよかったと内心後悔《こうかい》する。

「二人の娘を見比べると、あきらかに紗良のほうが脆弱《ぜいじゃく》な気がした。話の途中《とちゅう》で咳《せ》きこむし、寒さに身を震《ふる》わせてもいた。どうやら俺たちの車が地に降り立つまで海に潜《もぐ》っていたようだ」

「あんな痩《や》せ細った若い娘が夜の海にですか？　なぜ？」

「貝を集めていたようだ」

「貝？」

小瑠王がぎょっとする。たとえばだが、櫛月府に暮らすしとやかな姫君《ひめぎみ》たちであれば、波に足をひたすといった行為《こうい》ですら恐れるだろう。いや、姫君どころか召《め》し使いでさえ嫌《いや》がる。

「大丈夫《だいじょうぶ》ですか、それ。すぐに死ぬのではありませんか？」

小瑠王は心配そうに尋《たず》ねる。二百歳超《ご》えだろうと、彼ら竜もやはり天上人同様、贅《ぜい》を尽《つ》くした日々をすごしている。地上暮らしの過酷《かこく》さにはあまり詳《くわ》しくない。

そもそも彼らはあえて傲慢《ごうまん》に振《ふ》る舞《ま》い、冶古に選ばれた里人を徹底《てってい》して遠ざけてきた。儚い者たちに情を抱けば、その分、別れがつらくなると学んだからだ。

「月時が言っていた通り、すぐに死ぬなら、いいかと――」

由衣王は袖で口元を隠し、打ち拉《ひし》がれたように視線を落とした。

「いつまでも震えがとまらぬ様子だったから、車に乗せたあとで衣《ころも》を渡《わた》した。……あの娘、嘘《うそ》のように手首が細かったぞ。わずかに力を入れただけで砕《くだ》け散りそうな脆《もろ》さだ。抱き上げたときも、異様に軽かった。藁《わら》を持ち上げているかのようだった」

「そんなに」

小瑠王が怖々《こわごわ》とつぶやく。

彼ら竜《りゅう》のなかで紗良が、吹《ふ》けば飛んでいきそうなほど脆弱な娘に変換《へんかん》されているが、実際は違《ちが》う。ごく普通《ふつう》の健康な里人である。病的というほど痩せ細っているわけでもない。

「髪《かみ》など、一度も梳《と》かしたことがないような手触《てざわ》りだったぞ」

「なんだって？　櫛《くし》さえ持てぬほど貧しい娘なのか？」

多々王までもおそるおそる尋ねる。「おそらく」と由衣王は沈痛《ちんつう》な面持《おもも》ちでうなずいている が、もしも紗良がこの会話を聞いていたら間違いなく憤慨《ふんがい》していただろう。

「衣も、襤褸布《ぼろぬの》以下というか、あんなに人前で肌《はだ》を露出《ろしゆつ》する若い女など榔月府に一人もいないだろうな」

「嘘だろ、まともな衣さえ持っていないのか。そこまで貧しい身でありながら、自分よりも他人の命を重んじていたって？　聖女かよ」

単に磯着《いそぎ》をまとっていただけだ。まったくもって見当違いな感想だったが、残念ながらそれを正しく指摘《してき》できる者はいなかった。竜たちは短いあいだ、黙りこむ。

とくに、紗良を連れてきた由衣王は猛烈《もうれつ》な後悔の波に飲まれ、すっかり意気消沈《いきしょうちん》している。

ふたたび口を開いたのは月時王だ。

「あの紗良という娘、やはり俺たちを見て怯《おび》えていたな」

「そりゃそうだろう。いままでだって、俺たちを恐《おそ》れぬ里人なんかいなかった」

多々王が顔をしかめる。それに由衣王が悩ましげな吐息《といき》を漏《も》らす。

「車のなかで、俺も散々脅《おど》したから」

好かれて、縋《すが》られても困る。それに、こちらを化け物扱《あつか》いする相手に媚《こび》を売るつもりもない。

竜たちは、密《ひそ》かに人を愛でながらも、こういった複雑な感情を常に持て余している。

「ですが、なかなか芯《しん》の強い娘でしたね。なのにすぐに死ぬとは、哀《あわ》れな定めです」

残念そうに言う小瑠王に、多々王が目を吊《つ》り上げた。

「思い出した！　小瑠王おまえ、わざわざ前の冶古の首を娘にやろうとしただろ。抜《ぬ》け駆《が》けしやがって。娘の機嫌《きげん》でも取るつもりだったか」

「言いがかりはやめてください。同じ地上生まれの者ですし、弔《とむら》ってやりたいのではないかと思っただけですよ。でも、受け取ってもらえませんでした。なぜでしょう？」

「あのな、兄弟ならいざしらず、同じ里人というだけで首を押しつけられても困るだろうが」

「それもそうですね」

小瑠王は納得《なっとく》したようにうなずいた。おそるべきことに彼は紗良に対して嫌がらせをするつもりなど毛頭なく、ただの純粋《じゅんすい》な親切心で、異形と化した元冶古《やこ》の首を渡そうとしていたのだった。誤解しないほうがおかしいという事実に、浮《う》き世離《ばな》れしたやんごとなき竜たちは誰も気づいていない。身を案じて口にした忠告も当然、紗良には正しく伝わっていなかった。

「学はないと恥《は》じらいながらも、慈悲深く利発な娘だったなあ」

月時王がしみじみと言う。彼らのなかで、紗良の美化がとまらない。

「穢《けが》れを帯びた命さえも慈《いっく》しもうとしていたな。おのれのほうが死にそうだというのに。結局その見返りのない献身《けんしん》が、瑞鳥《ずいちょう》を救ったわけだ」

「俺はそんないたいけな娘に、どれほどの暴言を……。火の海に飛びこみたい」

由衣王がたまらぬ様子でまた顔を覆《おお》い、身をくの字に折り曲げた。横たわったり悶《もだ》えたりしたせいで花挿《かざ》しが曲がっているが、それに頓着《とんちゃく》する余裕《よゆう》もない。

「貧しく、ひ弱で、他者への慈悲を知る心優しき娘を、俺たちが間接的に殺すわけですね。これぞ無常です」

小瑠王の余計な発言に、場の空気が一段と重くなった。

「おい、こうなったら長く苦しませないよう、いっそひと思いに命を奪《うば》ってやったほうがよくないか？」

多々王は真剣《しんけん》な顔で提案した。それもそうだな、と月時王が賛同する。めちゃくちゃだが、彼らは決して冗談《じょうだん》のつもりではない。

「――いや。今回は死なせぬ。そう決めた」

由衣王が顔を上げ、毅然《きぜん》と言い放った。

「じゃあどうするんだ」

「ほどよく虐《しいた》げて、地上に追い返すよう仕向ければいい」

多々王の問いに、由衣王は凜々《りり》しい表情で答える。

「これまでの里人は身内への咎《とが》を恐れてか、逃亡《とうぼう》など考えようともせぬ者ばかりだった。だがあの娘は利口のようだ。虐げる合間に、それとなく羽羽獅《うばし》に乗って地上へ逃げるよう誘導《ゆうどう》してはどうか。ついでにあの白烏《しろがらす》も。公卿《くぎょう》の目にとまる前に榔月府から出すことができるし、一石二鳥だろう？」

「ですがそうなると、また新しい冶古を召《め》し抱《かか》えるよう辰弥庁に催促《さいそく》されるだけでは？」

小瑠王のもっともな疑問に、由衣王は微笑《びしょう》を作る。

「なに、白長督には、すぐに娘が死んだと言えばいい。それから、あっさり死ぬ里人の顔など当分は見たくないと、少なくとも十年は言い続けてやろう」

由衣王の物騒《ぶっそう》かつ呑気《のんき》な提案に、三竜は、よしと、無言で杯《さかずき》を掲《かか》げた。

彼らのどこかずれた企《たく》みを、夜空の三日月が静かに見下ろしている。

三章　円やかなるは、心の鏡花

——目を覚ました紗良《さら》が宵霧宮《よいぎりのみや》でまず行ったことといえば、食事に理髪《りはつ》、着替《きが》えなどだった。冶古として奉仕《ほうし》するはずが、なぜか紗良のほうがせっせと世話をされている。

そもそも立派な御帳台《みちょうだい》に寝《ね》かされていたことからして、おかしかったのだ。おまけに、首元にくっつくようにして珍《めずら》かな尾羽《おばね》を持つ白鳥が寝ている。

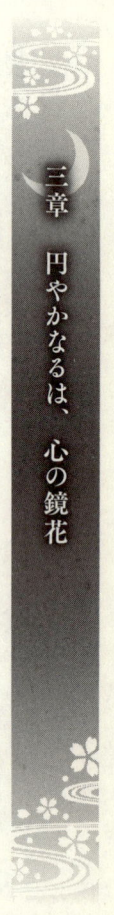

白鳥が紙縒《こよ》りで封《ふう》じられていたあの生き物の正体であることにはすぐ気づいたのだが、なぜ逃げようとせず紗良に寄り添《そ》っているのだろう。白い動物は貢物《こうもつ》として重宝される。せっかく無事に生き延びたのにここで捕《と》らわれるのは、哀れだ。逃がそうと思って御帳台の外に押し出すも、白鳥は帳《とばり》を潜っててくてくと戻《もど》ってくる。何度かその攻防《こうぼう》を繰《く》り返したのだが、しまいには紗良の単衣《ひとえ》の端《はし》を嘴《くちばし》でくわえて離《はな》さなくなった。どうも恩義を感じているらしい。鳥は利口な生き物なので、そういうこともあるのだろう。紗良はとうとう諦《あきら》めた。

からす、からす、と呼ぶのもなんだか風情《ふぜい》がない。ひとまず白羽《しろば》と名づけ、膝《ひざ》に乗せる。紗良の指を甘噛《あまが》みして遊ぶ白羽を撫《な》でながら、どこの姫君の部屋に侵入《しんにゅう》してしまったのだろうと怯えていると、帳がゆっくり開けられた。年の頃《ころ》は十七、八か。位の高い姫君に仕えるような、髪の長い、袿姿《うちきすがた》の女房《にょうぼう》が顔を見せる。固まる紗良に向かって彼女はあたたかく微笑《ほほえ》んだ。

「お目覚めでございますか、よかった」

「あなたは……？」

不法侵入と誤解される心配はなさそうだ。それなら、聞きたいことが色々ある。

が、女房は柔《やわ》らかな笑みで紗良の言葉を封じると、優《やさ》しい仕草で手を取った。

「梨乃《りの》と申します。これから紗良様にお仕えしますので、なんでもお申しつけくださいね」

「はい？」

紗良はぎょっとした。

「私に仕える……？　私が梨乃様にお仕えするのではなくて？」

「まあ」と梨乃は楽しげにころころと笑った。

「どうぞ梨乃と呼び捨ててくださいませ。私は、主《あるじ》たる白長督《しろながのかみ》の術にて生まれし式です。この宮に勤める使用人の大半が、私と同じ式なんですよ。主様は、竜神《りゅうじん》様を祀《まつ》る辰弥庁《たつみちょう》の長《おさ》なのですが、大変聡明《そうめい》な方でいらっしゃる。陰陽道《おんみょうどう》にも通じておられるのです」

梨乃はちょっと誇《ほこ》らしげに胸を張った。

一方の紗良は、状況《じょうきょう》を把握《はあく》することで精一杯《せいいっぱい》だ。陰陽師という存在はもちろん知っているが、実際に会ったことはない。紗良が知る術者といえば村の長老に法師、それに突飛《とっぴ》な予言をわめき散らす胡散臭《うさんくさ》い占者《せんしゃ》か、祭事のときに姿を見せる社の神人《かむびと》くらいだ。漁村の者たちが呪詛《じゅそ》の類《たぐ》いで陰陽師の力を必要とするような事態など、まず起こり得ない。呪詛というのも、突《つ》き詰《つ》めてしまえば生活に余裕がある者の特権だと紗良は感じている。

式、という存在も、どう捉《とら》えていいのかわからなかった。

人のように見えるが、人ではないのか。

贅《ぜい》と美をほしいままにしているような雅《みやび》やかな由衣王《ゆいおう》たちも、人にあらざる者——竜なのだという。人でなくても命は命。根底は同じ？

紗良の戸惑《とまど》いを察したのか、梨乃がおとなびた笑みを作る。

「紗良様、難しく考えることなんてないのですよ。お心で感じたことがすべてです」

法師と問答しているような気持ちになってきた。紗良は軽く首を振《ふ》り、話題を転じた。

「私は奴《やっこ》にすぎません。神なる方に奉仕に来ました。どうかそのように扱ってください」

「ええ、紗良様」

梨乃はにこにことうなずく。うまく伝わらなかったのかと紗良は悩《なや》んだ。それとも式とは、里人相手だろうと丁重《ていちょう》に接するのか。誰《だれ》が相手だろうと一貫《いっかん》した態度を取る……人ではない者だからこそ、それが可能のような気がした。とりあえず話を先に進めたほうがいい。

「なぜ私はこんなに立派な場所で眠《ねむ》っていたんでしょうか？　ここはいったい……？」

紗良は慎重《しんちょう》に尋《たず》ねた。自分が犯《おか》した過《あやま》ちでなくても咎を受ける恐れがある。

「紗良様をこちらへ運ばれたのは、由衣王——宵霧の君です。ええ、こちらは竜の方のお屋敷《やしき》のひとつで、東の対屋《たいのや》にあたります。宵霧の君は寝殿《しんでん》で休まれておりますよ。他《ほか》の竜神の方々は、別の寝殿をお使いです。いまは卯《う》の刻。竜神様方は皆《みな》、朝に弱くていらっしゃるので、目を覚まされるのは午《うま》の刻でしょうか」

「もう明け方なんですか！」

そんなに眠っていたのか。

「梨乃様……梨乃さん、私はこちらでどんな仕事をしたらいいんでしょうか。お宮の清掃《せいそう》から始めたほうがいいですか？」

紗良は慌《あわ》てて腰《こし》を上げた。しかし梨乃は、ひらひらとした蝶《ちょう》のような白い手で紗良の袖《そで》を引き、その場にふたたび座らせる。

「宵霧の君から、自然に目が覚めるまで紗良様を眠らせておくようにと言いつかっております。そちらの——白鳥の穢れを浴びられて、昏倒《こんとう》されたからと。ですので、今日は無理をなさらずゆっくりなさいませ」

「えっ。でも仕事は」

「宵霧の君が起床《きしょう》されたら、きっと紗良様をお呼びになると思います。ではまず、湯屋へ行きましょうか」

「はい」

朝清めについて指導してくれるのだろう。そう納得し、立ち上がった梨乃のあとに続く。

だが、そうじゃなかった。清掃の必要もないほど片づけられた湯屋で、悲鳴を上げる間もなく衣《ころも》を剝《む》かれ、てきぱきと身体《からだ》を磨《みが》き上げられたのだ。その後も丁寧《ていねい》に髪《かみ》を整えてもらったり着替えをさせられたり顔作りをしたり餅菓子《もちがし》をもらったりと、至れり尽《つ》くせりの奉仕を受ける。紗良は自分の身になにが起きているかわからずひたすら惚《ほう》けた。おかげで、広大な敷地《しきち》に作られているお宮の構造や内装もまったく頭に入らない。

しまいには、好奇心旺盛《こうきしんおうせい》な式の女たちにきゃわきゃわと取り囲まれ、気がつけば双六《すごろく》遊びに参加させられている。私はここへなにをしに来たんだっけ？　と紗良は賽子《さいころ》を振りつつ自問した。浜《はま》で神車《かぐるま》に乗せられる前、紗和子《さわこ》に、神仕えの身になればきれいな衣や飾《かざ》り物をもらえてお腹《なか》が膨《ふく》れるほど食べることもできるようになる、などと言い放ったが……あれはちっとも本気じゃなかったのだ。しかし、まさかそれがさっそく現実になろうとは誰が思うだろうか。

紗良がいま着用しているのは、白地の水干。袖に向かって淡《あわ》い牡丹《ぼたん》色になっている。袴《はかま》はしっとりとした、奥から色が滲《にじ》み出てくるような深緋《ふかひ》。懐《ふところ》には長い房《ふさ》の垂れた紅《くれない》の扇《おうぎ》、立烏帽子《たてえぼし》をかぶる代わりに鮮《あざ》やかな組み紐《ひも》の髪飾りをつけている。女たちに櫛《くし》で丁寧にけずってもらった垂髪《すいはつ》は艶《つや》を増し、肩《かた》から滑《すべ》り落ちる様もなまめかしい。神仕えの白拍子《しらびょうし》の姿である。

巫《かんなぎ》は性を消すために男装、あるいは女装する。――里人が暮らす山月府《さんげつふ》では、男のなりをするのはだいたい、あそび女《め》と決まっていた。しかしここは花の匂《にお》う浮《う》き島、櫛月府《ろうげつふ》だ。空界に近い分、神にも近い。古い習わしが生きている。

用途《ようと》は不明だが、珊瑚《さんご》と銀の紐《ひも》で彩《いろど》られた装飾《そうしょく》用の薙刀《なぎなた》も渡《わた》された。自分の背丈《せたけ》よりも短い。それはいま、内法長押《うちのりなげし》にかけられてある。一応は皆に、神奴冶古《かめやこ》として認識《にんしき》されているらしい。ちなみに白羽はおとなしく紗良の肩に張りついている。この不思議な鳥は湯屋のなかにすら入ってきたのだ。

花のように美しい式の女たちに囲まれて落ち着かない気持ちでいると、几帳《きちょう》が開かれ、新たな女が姿を見せる。

「紗良様、宵霧の君が呼んでおられるわ」

「あら、もうお起きに？　今日は早いのね」

梨乃が目を丸くした。他の女たちが慌ただしく立ち上がり、「朝餉《あさげ》の支度《したく》をしないと」「急ぎましょ」と口々に言って室《へや》から出ていく。紗良は気づいていないが、宮には水仕女《みずしめ》がいない。人と同じ食事も取るが、竜神の主食は他にある。

食事以外にも普通《ふつう》の公家《くげ》の住まいとは異なる部分が多いが、貴人の日常をろくに知らない紗良はその相違《そうい》をいくつも見逃《みのが》してしまっている。

梨乃の先導で渡殿《わたどの》を進み、寝殿へ急ぐ。中庭を確かめる余裕《よゆう》もない。廂《ひさし》の格子《こうし》は既《すで》に開けられている。梨乃が母屋《おもや》の内へ声掛《こえか》けすると、「入れ」と不機嫌《ふきげん》そうな答えが返ってくる。

梨乃は、戸惑う紗良に目配せし、御簾《みす》を上げてしずしずと内へ入る。紗良もそれに続いた。

気怠《けだる》げな単衣姿の宵霧の君、由衣王が片膝《かたひざ》を立ててしとねに座っている。

夏の花々が咲《さ》き乱れる屏風《びょうぶ》に螺鈿《らでん》細工の二《に》階棚《かいだな》、厨子《ずし》など、調度類はすべて贅を凝《こ》らした一級品ばかりだ。粗相《そそう》はできないと紗良は青ざめた。双六遊びをする前にしっかりと梨乃たちにお宮での作法を聞いておけばよかったと心底後悔《こうかい》する。

「梨乃、おまえはいい。下がれ」

由衣王が横を向いて冷たく命じる。梨乃は困った顔をした。

「ですが……」

「下がれと言っている」

紗良はもっと顔色を悪くした。梨乃がいないと、どうしていいかわからない。

しばらく梨乃は由衣王の様子をうかがっていたが、諦《あきら》めたようにこちらを見た。

「渡殿に控《ひか》えておりますから」と宥《なだ》めるように言って、紗良を優しく室内へ押しやる。

紗良は焦《あせ》った。

行かないで！　と叫《さけ》びたい。

立ち尽くしていると、由衣王がしとねから腰を上げた。

「湯屋へ行く」

「は、はい」

動けずにいると、呆《あき》れたような視線を寄越《よこ》される。

「――この姿のまま俺に歩けと？　早く表衣《おもてごろも》を持ってくるんだ。なんて気のきかない……」

紗良は目に見えて狼狽《うろた》えた。どこから持ってくるのだろう？

「長櫃《ながびつ》にあるに決まっている」

泣きたくなってきた。その長櫃はいったいどこに？

紗良が戸惑うのも無理はない。櫃ひとつとっても生活の差がわかる。湯屋でも結局、女たちにされるがままだったのは、これまでの環境《かんきょう》との落差に怖《お》じ気づいていたからなのだ。

「礼儀《れいぎ》も知らず機転もきかぬ、そんな不器量で、俺に仕えるつもりか」

由衣王が厳しい声で叱《しか》った直後、肩の白羽が非難するように鳴く。

驚《おどろ》く紗良を一瞥《いちべつ》した由衣王は、緩《ゆる》く腕《うで》を組み、もっと不機嫌そうな顔を作った。

ぴりぴりした空気が流れたところで、恭《うやうや》しく衣を掲《かか》げた式の女がやってくる。「これを」と囁《ささや》き、紗良に手渡《てわた》す。表衣を持ってきてくれたのだとわかった。感謝の目で見つめると、式の女ははにかみ、しとやかな動きで去っていった。

由衣王におそるおそる近づき、肩に衣をかける。

彼は長身なので、うんと背伸《せの》びをしなければ届かない。身体に触《ふ》れないよう注意せねば。そう緊張《きんちょう》したあとで、頭の後ろ側に寝癖《ねぐせ》がついていることに気づいた。微笑《ほほえ》ましく思い、一瞬頰《いっしゅんほお》を緩めてしまったのだが、いぶかしげに振り向かれたので、慌てて表情を引き締《し》める。

袖を通した由衣王は、振り向くことなく室を出て、北側の渡殿を進んだ。

湯屋は北の対にある。紗良もつき従う。そこで待機していた梨乃と目が合う。励《はげ》ますような眼差《まなざ》しに安堵《あんど》したあとで、はっとする。沐浴具《もくよく》の準備をまったくしていない。新しい単衣《ひとえ》や手巾《しゅきん》も、肝心《かんじん》の湯の準備も。先ほど梨乃と湯屋へ行ったときに知ったのだが、こちらでは、鳴ケ石《あけいし》という熱した石を水に放《ほう》りこんで湯を温める。温石《おんじゃく》とはまた違《ちが》う。どうやら呪術《じゅじゅつ》仕込みの特殊《とくしゅ》な焼き石であるらしい。なんにせよ、お湯の用意を怠《おこた》ってしまっている。

前を歩く由衣王の背に、紗良は叱責《しっせき》を覚悟《かくご》して話しかける。

「あの、由衣……宵霧の君。湯屋のことですが」

そこで言葉を切る。冶古の分際で許可も得ず話しかけていいのか。紗良は胸のなかで「作法！」と呻《うめ》いた。体力が余りすぎて数々の織り機を壊《こわ》してきた無粋《ぶすい》な自分に、朝廷《ちょうてい》の女官《にょかん》のような振《ふ》る舞《ま》いがどうしてできるだろう。だいたい、端女《はしため》がするような仕事を受け持つに違いないと信じていたのだ。作法を学ぶ必要があるなんて想像もしていなかった。

由衣王はちらりと振り向いた。渡殿に落ちる日差しが、彼の寝癖跡《ねぐせあと》のある黒い髪をきらきらと輝《かがや》かせている。

「俺もだが、三竜《りゅう》らも沐浴は毎日行う。蒸《む》し風呂《ぶろ》ではなく、湯槽《ゆぶね》につかる。忌《い》み日には鳴弦《つるうち》を行い、明鏡を湯屋の前に置いて潔斎《けっさい》する。これでも国の支竜《しりゅう》、禊《みそぎ》は欠かさない」

どうやら彼は、通常の公家のように日や刻《とき》を決めて理髪《りはつ》せず湯屋へ行くのはなぜなのか、その理由を紗良が怪《あや》しんでいると誤解したようだ。

「三竜の方々も、こちらのお宮に」

いるのか、と問いかけて、紗良はまた失敗を悟《さと》る。だからまずは許可を得なければ！　宮入りした以上、いままでのような無作法は通らない。

由衣王はふたたび振り向いたが、わずかに顔がしかめられている。今度こそ無礼を咎《とが》められるだろうか。そう身構えるも、予想に反して律儀《りちぎ》に答えてくれる。

「いる。いて、悪いか」

「いえ！」

「東西南北の地に我《われ》らの宮が作られているんだぞ。なら、一箇所《いっかしょ》に集まるほうが楽だろう」

「はい」

とにかく従順にうなずいたあとで、はて？　と紗良は首を傾《かし》げた。なにが楽なのだろう。

「察しが悪い。冶古らにうじゃうじゃと屋敷《やしき》内をうろつかれたら鬱陶《うっとう》しいだろうが」

「おっしゃる通りです、申し訳ございません」

なんとか返答したが、まじまじと由衣王の背中を見つめずにはいられない。

この華《はな》やかな竜神の物言いは時として胸にぐさっと突き刺《つさ》さるくらい辛辣《しんらつ》だが——いまの話を要約すると、「一箇所に固まっていたほうが徴令《ちょうれい》で連行される冶古の数は最低限ですむし、自分たちの世話だってしやすいだろう」というような感じにならないだろうか？

いや、単純に冶古が嫌《きら》いだからなるべく最低限の人数に留《とど》めたいと考えただけなのかもしれない。

だが、冷静になってみると、他《ほか》のちょっとした行動も深読みできることに気づき、胸の奥がむずむずしてくる。竜たちは皆《みな》、背が高い。紗良の背丈は彼の胸のあたりだ。

これだけ身長差があれば歩調だってかなり違う。着慣れぬ水干のせいできびきびと歩けずにいるのに、こうして会話できるくらいに余裕がある。

つまりこの貴《とうと》い竜神は、奴《やっこ》にすぎぬ紗良の歩調に合わせてくれている。よく考えたら先ほどだって、誤解されたのだとはいえ、湯浴《ゆあ》みについて丁寧《ていねい》に説明もしてくれているのだ。

紗良は混乱した。どうも言動がちぐはぐだ。

──ひょっとして、ただの親切な方？

「俺の宮も、三竜の宮も、構造はほぼ変わらぬ。こちらの渡殿からではよく見えぬだろうが……宮の内に路《みち》を挟《はさ》んで四の里を造り、それぞれ屋敷を置いている。これは四季の方陣《ほうじん》の盤図《ばんず》だ。季節の変わる毎《ごと》に屋敷を移る。そうすることで槲月府の結界を強固にしている──というのが辰弥庁の主張だが、実際のところ大して意味などない。思いこめば、野の石とて珍《めずら》かな宝玉に見える、というのと同じ。だから残りの里を三竜が好き勝手に使っている」

「ずいぶん広大なお宮なんですね」

紗良は驚きの声を上げた。こちらの邸宅《ていたく》だけでも王城かと思うほど立派なのに、同じ造りの屋敷が他にも三つあるのか。

「造りが大きくて当然だろうに。俺たちは竜だぞ。変身した姿は人の丈《たけ》よりずっとある」

納得《なっとく》した。道理で屋敷が異様に大きい。おそらく敷地《しきち》の一辺は三十路を超《こ》えるだろう。

紗良は昔一度だけ、彼の言う変身した姿……竜神姿を見たことがある。荒《あ》れる浜辺《はまべ》で、水鹿《みか》神《がみ》を食《く》らっていた巨《きょ》の神を。

とても恐ろしく、そして――。

「四の里の中央には、蓬木ヶ池《よもぎがいけ》がある」

由衣王はかすかに躊躇《ためら》いを感じさせるような声で言った。過去を辿《たど》りかけていた意識が、彼へと戻《もど》る。

「冶古《やこ》……というより人しか近づけぬ池だ。そこへつかることがおまえの務めとなる」

「はい」とは答えたが、池につかるのが務めとは、どういうことだろう。

そこで禊をしろという意味だろうか。

悩《なや》むあいだに、湯屋に着く。驚嘆《きょうたん》すべきことに宮には、異国に渡《わた》った法師が持ち帰った貴重な技術のひとつである真名井《まない》が作られている。いつでも澄《す》んだ地下水を汲《く》めるのだ。入浴の他、飲み水もこの井戸水を使う。余談だが、樋殿《ひどの》がしっかりと造られていることにも驚く。

目的の場所に到着《とうちゃく》したはいいが、困った。

由衣王は、世話に慣れていそうな梨乃をここでもまた下がらせたのだ。貴人は他者の手を借りて身を清める、ということはかろうじて知っているが、実際になにをどう手伝えばいいのか、さっぱりわからない。家畜《かちく》を洗うのとはやはり違うはずだ。

几帳《きちょう》と屛風《びょうぶ》で仕切られた一角に、木製の湯槽が置かれている。紗良は目を見張った。いつの間にか新しい湯がはられている。厨子《ずし》にも単衣《ひとえ》や盥《たらい》などが怠りなく準備されていた。おそらく式の女たちが用意してくれたのだろう。それに気づき、感謝の思いが胸にわく。

一段高くなっている板の間に上がると、由衣王はちらりとこっちを見た。なけなしの知識を引っぱり出す。確か、貴人は男も女も湯具をまとって湯槽につかるはず。

急いで厨子から生絹《きぎぬ》の単衣を取り出そうとしたときだ。

「⁉」

単衣の支度《したく》を待つことなく、由衣王は板の間に手早く衣《ころも》を脱《ぬ》ぎ捨てた。ひとかけらの躊躇《ちゅうちょ》すら見せぬ豪快《ごうかい》な脱ぎっぷりだった。紗良は、がっと目を見開いた。

「なにをしている。湯をかけろ」

こちらを見る彼の目が、早く手伝え、と当然のように訴《うった》えかけてくる。

自分は海女《あま》だったのだから、男の裸《はだか》も女の裸も見慣れている。だが、さすがにこれほど間近で立派な男性の裸《ら》体《たい》を直視したことはない。紗良は顔を赤くしたり青くしたりして混乱の渦《うず》のなかにいたが、ある瞬間、天啓《てんけい》に打たれた。

そうか、この方はどんなに人間めいていようと本性《ほんしょう》は竜だ。

つまり年頃《としごろ》の男女が抱《いだ》くような羞恥心《しゅうちしん》を持っていないんじゃないだろうか？

竜化時なんて全裸《ぜんら》も同然だろうし。だから人の姿の時でも平然と衣を脱ぎ捨てられるに違いない。紗良は無理やり自分を納得させた。そもそも世話をされるのが当たり前の貴人なら、召《め》し使いに裸を見られる程度でいちいち恥《は》じらって騒《さわ》ぐはずがないのだ。

「そ、それでは、不束者《ふつつかもの》の冶古ですが、ご満足いただけるよう、精一杯《せいいっぱい》お世話したいと思います」

自分でもなにを言っているかわからなくなってきたが、紗良は手巾を握《にぎ》り、覚悟を決めた。


——紛《まぎ》れもなく死闘《しとう》だった。由衣王一人の世話でさえ大変だったのに、時間をおいてぞろぞろと三竜たちも現れる。なぜ他の対屋《たいのや》にある湯屋を使わないのか。紗良は息も絶え絶えになりながら、やんごとなき竜たちをきっちり丸洗いした。とくに髪《かみ》の長い多々王《たたおう》は、乾《かわ》かす作業もまた大変だった。こちらは途中《とちゅう》から、世話に慣れた式たちが代わってくれた。

本来なら香《こう》を焚《た》く者、髪をくしけずる者、衣を替《か》える者と、それぞれ役割分担されているのが普通《ふつう》らしいが、当の竜たちが冶古や地下人《じげにん》を増やしたがらない。

式の女の他には、辰弥庁の官吏《かんり》がお宮を訪《おとず》れるという程度。寝殿《しんでん》と北の対屋を行き来していたときに彼らとすれ違ったが、こちらは位階を持つ正しい都人の姿というべきだろうか。男官《なんがん》も女官も紗良を冷ややかに見るか、ない者として扱《あつか》う。

湯浴みや着替えの手伝いが終わる頃《ころ》には、身を苛《さいな》む疲労《ひろう》はまた別として、悟得《ごとく》したような晴れやかさすら感じた。紗良自身も全身を濡《ぬ》らしてしまい、どうしようかと悩んでいたら、それを察した梨乃が新たな衣一式を準備してくれた。なにかと気を配ってくれる梨乃には本当に頭が上がらない。

湯上がりの竜《りゅう》たちが寝殿の南庭に面した廂《ひさし》で涼《すず》むあいだに、彼女からお宮での作法や主な仕事内容を聞き出すつもりでいたが、それはかなわぬ夢となった。

「暑いから、風を送れ」と由衣王に命じられたのだ。

言われた通りに扇《おうぎ》で煽《あお》いでいると、由衣王は腹立たしげに口角を曲げた。

「そのように青白く陰気《いんき》な顔を向けられると、俺まで憂鬱《ゆううつ》になる」

紗良は視線を板敷きに落とした。肩《かた》の白羽が心配そうに、小さな頭を頬《ほお》にこすりつけてくる。

気をはっているが、正直なところ、湯浴みの仕事だけでへとへとだった。瞼《まぶた》を閉《と》ざしたら、そのまま眠《ねむ》ってしまいそうだ。けれど、いくらなんでも自分がこんなに軟弱《なんじゃく》なわけがない。

「血の気がありませんね、紗良様。やはり地上とこちらでは、大気の巡《めぐ》り方が違《ちが》うからでしょうか？　天都《てんと》は地上よりも息がしにくいのですよね？」

月時《つきじ》王《おう》に風を送っていた梨乃が振《ふ》り向き、案じるような表情で言う。

大気の薄《うす》さのせいで頭がぼうっとするのも気怠《けだる》さを招く理由のひとつなのだろうが、それだけじゃないように思える。お宮の極端《きょくたん》な清浄《せいじょう》さが疲労の主な原因なのではないか。

こちらで借りた衣をまとえば多少は緩和《かんわ》されるが、根本的な解決にはなっていない。

「村に帰りたいか。もう音を上げるか？」

由衣王が意地悪そうな笑《え》みを見せて問う。

「いいえ、神なる君にお仕えすることこそ私の喜びでございます」

紗良は視線を落としたまま答えた。

帰るものか。這《は》いつくばってでもここで長生きする。新しい冶古など選ばせない。

「ならもっと、嬉《うれ》しそうな顔でもしたらどうだ」

顎《あご》を摑《つか》まれ、顔を上げさせられた。紗良が無理やりに微笑《びしょう》を作ると、由衣王は急に不機嫌《ふきげん》な表情を浮《う》かべ、ぱっと手を放して袖《そで》で口元を覆《おお》う。

教養のある身分高い者たちは、相手に表情を知られそうになるとすぐに袖や扇で隠《かく》してしまう。紗良にはそれが不思議に思える。心を隠すような行為《こうい》に感じられるのだ。笑顔も、怒《おこ》った顔も、紗良は相手に全部見せてほしい。自身もまた心に浮かぶ思いを相手に差し出す。そうして互《たが》いの距離《きょり》を縮めていく。

もちろん逆に遠ざかる場合もあるが、まずはぶつかってみないとなにも進展しない。

――はしたない行為なんだろうなあ。

たぶん貴人たちにとって、みだりに思いを明らかにするのは獣《けもの》と変わらぬ野卑《やひ》な所業なのだ。隠す、という所作に秘《ひ》められた奥ゆかしい美しさを、日の下で潑剌《はつらつ》と生きてきた里人の紗良にはまだうまく感じ取れずにいる。

物憂《ものう》げな由衣王の横顔を目の端《はし》でうかがう。伏《ふ》せた瞼の艶気《つやけ》が一層愁《うれ》いを引き立てている。ひょっとして紗良の態度に傷ついたのか。慰《なぐさ》めたくなるような衝動《しょうどう》に駆《か》られたが、口を引き結んで耐《た》える。既《すで》に心は村の人々のもとに置いてきた。いまの自分は、竹筒《たけづつ》のようにからっぽなのだ。人とすら認めてくれない貴人に砕《くだ》く心なんて、もう残っていない。

場の雰囲気《ふんいき》がぎこちないものに変わったとき、式の女が、貢物《こうもつ》の到着を告げた。数名の女官《にょかん》を従えた辰弥庁の男官が簀子縁《すのこえん》の向こうからやってくる。女の手には色鮮《いろあざ》やかな絹織物や蒔絵《まきえ》の手箱が乗せられている。

「王の方々、貢物の検《あらた》めを」

男官が簀子縁に腰《こし》を下ろし、慇懃《いんぎん》に言う。女官に目配せして物や手箱を竜たちの前に置く。式の女たちが嬉しそうに布地を広げる。感嘆《かんたん》の声が上がった。紅に黄、藍《あい》、紫《むらさき》と、板縁に華々《はなばな》しい織物の川が流れる。かつては身分によって着用可能な色、生地《きじ》が限定されていたが、その規則はずいぶん緩和された。また、四季に沿った色の衣をまとうことが長らく主流であったのだが、こちらも時代が下るにつれ個人の裁量で様々な重ね方を楽しむようになっている。ただし参内《さんだい》の際は、役職によって定められた官服を着用する義務がある。

手箱のほうには組み紐《ひも》や石つきの帯留め、髪飾《かみかざ》りなどがおさまっていた。どれも上等な飾り物だった。

「穀物や薬草、金銀などの財物は先ほど、式の者たちに運ばせました」

紗良は内心、首を傾《かし》げる。貢物ということは、竜たちも他《ほか》の公家《くげ》同様、荘園《しょうえん》を地上に持つのだろうか。あとで神竜の冠位《かんい》を梨乃に聞こうと思う。

女官の一人が、由衣王に文《ふみ》を渡す。折り畳《たた》まれている料紙を彼はさっと広げ、目を通す。

「白長督に文を返すのでしばらく待て。――梨乃、彼らを厚くもてなせ。それから車の用意も。貢物の半分を礼として辰弥庁へ運べ」

「はい」

彼らの会話に、紗良は内心首を捻《ひね》りっぱなしだった。

辰弥庁を通して運ばれたはずの貢物の半分をまたそちらへ返す？　だったらはじめから半分だけを運んでもらうほうが手間を省けそうなものなのに。こうしたやりとりを貴人たちはまどろっこしく感じないのか、不思議でならない。

習慣の違いを手間と厭《いと》わず趣《おもむき》があると感じられるようになれば、優雅《ゆうが》な竜たちから含《ふく》みのない笑みを引き出せるのかもしれない。そんな考えがふいに浮かび、紗良は妙《みょう》に焦《あせ》った。

彼らの寵《ちょう》がほしいわけじゃないのに、どうして心を求めるような考えに？

先ほどの、由衣王の物憂げな顔つきがどうも忘れられないでいるせいか。あれはずるい、常に横柄《おうへい》な方だからちょっと寂《さび》しげに俯《うつむ》かれると、落ち着かない気分になるじゃないか。

「やはり里人も、美しい織物には興味があるのか？」

赤菊《あかぎく》のような色の髪を持つ多々王が、布をつまみながら冷たい口調で問いかけてきた。

物欲しげな顔で布地を見ているのと誤解されたのかもしれない。紗良は慌《あわ》てて視線をずらした。人でない式の女は優《やさ》しい目で紗良を見ているが、官吏らは疎《うと》ましげな様子を隠そうともしない。とくに女官からは羨望《せんぼう》と妬《ねた》みがこもっているようなじめついた視線を感じた。

「どの色がほしい？　紅か、青か」

多々王が色っぽく目を細めて誘《さそ》うように言う。試《ため》されているのかもしれない、と紗良は警戒《けいかい》する。ここで軽率《けいそつ》に、ほしいなどと答えたら大変な目にあいそうだ。図々《ずうずう》しいと罵《ののし》られる。

「どれも卑小《ひしょう》な私などにはもったいないものでございます」

いらない、と慎重《しんちょう》に伝えたら、どうしたことか、多々王もまた不快と言いたげに顔をしかめる。それは先刻の、由衣王の態度を連想させた。だが多々王は冷酷《れいこく》な表情を作ると、隣《となり》の梨乃が手にしていた紅の絹を乱暴に摑み、こちらに投げつけた。

肩に乗っていた白羽が驚《おどろ》いたように翼《つばさ》をばたつかせる。紗良はとっさに、織物を受けとめるより、白羽を宥《なだ》めるほうを選んだ。その様子を見た多々王がさらに眉根《まゆね》を寄せる。

失敗した。竜の冶古《やこ》なら、自分に懐《なつ》く獣より織物を優先すべきだったのだ。

「縫《ぬ》え」

「……は、はい？」

「袴《はかま》と袍《ほう》。こいつらの分も」

多々王が次々と織物を紗良に投げつける。怒った白羽が肩から飛び立ち、高欄《こうらん》に移動した。

「夏季が終わるまでにだ」

紗良は愕然《がくぜん》とした。この量を、秋が訪れるまでに？

「まあ、そのような意地悪をおっしゃいますな」

梨乃が頬を膨《ふく》らませ、多々王を軽く睨《にら》む。彼は、ぷいと横を向いた。

紗良は困惑《こんわく》したまま、板縁に広がっている彼の珍《めずら》かな色合いの長い髪を見つめた。故意に不可能な仕事を押しつけて打ち据《す》える気なのだろうか。

「不服か？」と尋《たず》ねてきたのは由衣王だ。

「できないという顔だな？　では、おまえが死ぬまでには仕上がるのか？　浮き島に召《め》された冶古はだれもかれも短命だ。持って五年か。一年持たない者も多いが」

由衣王までもそんな容赦《ようしゃ》のない言葉を浴びせてくる。

紗良は無言で耐えた。美しい人たちの考え方は、本当に謎《なぞ》だ。贅沢《ぜいたく》な暮らしをしてなんの不満もなさそうなのに、他者を苦しめることに楽しみを見出《みいだ》す。

それまで眠たげに脇息《きょうそく》にもたれていた小瑠王《こるおう》が、ぱっちりと目を開け、微笑《ほほえ》んだ。

「村に帰りたいですか？」

彼の問いも当然、肯定《こうてい》すればなんらかの仕置きが待っているだろう。

「私は高貴なる方々にお仕えできてこれ以上なく幸せに感じております」

「生首になってもそんな嘘《うそ》がつけますか？」

小瑠王は笑みを絶やさない。怖《こわ》い方だと思う。由衣王や多々王のほうがまだわかりやすい。

「昨夜の異形は、元冶古であったと教えてあげたでしょう。あれはかつて多々王の宮で働いていた者です。おまえも異形と化せば、俺が首をねじ切ることになりますね」

彼のあんまりな発言に、梨乃が額を押さえる。

小瑠王はわずかにこちらに身を乗り出し、どこか期待のこもった熱っぽい目をして囁《ささや》いた。

「どうです。帰りたくなったでしょう？」

竜《りゅう》たちはそんなに里人を虐《しいた》げたいのか。紗良は内心、がっかりする。

「こちらにお召しいただき、本当に嬉しいのです。高貴なる青紫の君、どうか末永く、私をお使いください」

小瑠王の表衣《うえのきぬ》の文様がちょうど竜胆《りんどう》だったのでそう呼ぶ。曇《くも》る感情には気づかない振りをして、作り笑いを浮かべると、竜たちは揃《そろ》って不機嫌な表情を見せた。

思い通りの反応を見せない意固地な紗良が、憎《にく》らしいのかもしれなかった。


その後紗良は、由衣王につき従う形で西の対に向かい、小路へ出た。白羽も一緒《いっしょ》だ。

屋敷《やしき》を出る前に、梨乃から柄《え》の短い薙刀《なぎなた》を渡《わた》されている。もしかして竜の護衛をしろという意味だろうか。

「いま俺が暮らしているのは、丑寅《うしとら》の方角にある里だ。これを桔梗《ききょう》の里という。多々王が使っているのは戊亥《いぬい》にある里。それを春椿《はるつばき》の里という」

説明を聞きながら、由衣王の背を見つめる。袍は縠紗《こめしゃ》の白藍、その下の衣《ころも》は青と、涼《すず》しげな色目だ。右記ノ國《うきのくに》、というより地上の山月府は寒暖の差が激しいことから土地が肥沃《ひよく》であり、染色《せんしょく》に適した草花や生物がよく育つ。そのため染色技術は他国より数歩も先を進んでいる。技《わざ》が磨《みが》かれれば、色彩《しきさい》の数も増す。

このあたりの事情が、色目の規定が緩和《かんわ》された理由のひとつでもあるだろう。

「小瑠王が使っているのは未申《ひつじさる》にある里。それを曼珠《まんじゅ》の里という。月時が使っているのは辰巳《たつみ》にある里。それを紅梅《こうばい》の里という」

由衣王は振《ふ》り向きもせず説明を続ける。髪には、組み紐でまとめた白い花の髪飾り。卯木《うつぎ》の花に似ている。ここまで花の似合う男性というのも珍しい。

「水が豊富なのは桔梗と春椿の里、曼珠と紅梅の里は花々が多い。とくに秋の曼珠の里は美しい。築山《つきやま》の周囲には目に鮮《あざ》やかな紅葉《もみじ》が燃え、天から赤い花びらが降り注ぐかのようだ。花《はな》霞《がすみ》ならぬ紅霞《くれないがすみ》の様を楽しめる――聞いているのか？」

「は、はい」

急に振り向かれて、紗良は慌てた。立ち止まった由衣王が閉じた扇《おうぎ》の先で自分の顎《あご》を軽く叩《たた》き、こちらを睨み下ろす。威圧感《いあつかん》たっぷりだ。

「言え。他のなにに気を取られていた」

せっかく説明してやっているのに上の空とは何事だ、とその瞳《ひとみ》は明らかに紗良を責めている。

紗良は彼の不機嫌《ふきげん》な顔ばかり見ている気がした。

「はい、その——花の髪飾《かみかざ》りがよくお似合いだと思いまして」

由衣王は予想外の言葉を耳にしたというように、目を見張った。すぐさま横を向き、閉じたままの扇で顔を隠《かく》すような所作を見せる。

無遠慮《ぶえんりょ》に見つめたせいで、不快に思われたのかもしれない。気をつけよう。

「里人は花をまとわぬのか」

「……未婚《みこん》の娘《むすめ》なら、飾ることもあります。あと、祭事のときも」

山月府では、花を頭に飾る男性をあまり見たことがない。神人《かむびと》くらいか。

「櫛月府では位階を持つ者も、雑色《ぞうしき》もよく髪を飾る。神事の際の挿頭華《かざし》とはまた別に」

「そうなの？　……ですか？」

驚いて、素《す》の声が出た。急いでよそいきの顔を作る。

馴《な》れ馴れしいと咎《とが》められるだろうか。そう焦って背に力をこめるも、由衣王は軽く目を細めるだけで注意する素振《そぶ》りすら見せない。よくわからない方だと紗良は戸惑《とまど》う。妙なところで機嫌を損《そこ》ねるくせに、普通《ふつう》なら叱責《しっせき》するだろうという場面では見逃《みのが》してくれる。

彼は前を向き、散策の足取りでゆったりと進み始めた。紗良も従う。

「この流行は、とある皇族が、妻からの文《ふみ》に添《そ》えられていた花を髪に挿《さ》して歩いたことから始まった。他《ほか》の女に目移りなどせぬ、この通りに私の心は妻一筋である、という浮気《うわき》の言い訳として」

「はあ……」

微妙《びみょう》な気持ちになった。そういえば天都《てんと》では一夫多妻が当たり前なのだったか。

「それが粋《いき》であるとして、貴人のあいだで形を変えて広がった。恋仲《こいなか》の女から贈《おく》られた花を飾り、仲睦《なかむつ》まじさを自慢《じまん》する、というように。あるいは恋敵《こいがたき》に対する牽制《けんせい》だな。この花は既《すで》に自分が摘《つ》んだぞ、邪魔《じゃま》をするな、という」

「じゃあ宵霧の君も、恋しい方からの花を飾られているのですね」

納得《なっとく》したら、啞然《あぜん》とした表情で勢いよく振り向かれた。みるみるうちに彼の機嫌が悪化していく。

「なぜ俺が女からの花を飾らねばならない」

いまの流れだとそうとしか思えない。という返事をするのはなんとか堪《こら》えた。

「で、ではどうして……？」

「単に花の香《かお》りが好ましいからだ」

思いがけず可愛《かわい》らしい理由だった。竜は花を好むらしい。日常面でぽろっと知れる好き嫌《きら》いは、室礼《しつらい》や衣替《ころもが》えのときに役に立つかもしれないので、覚えておきたい。

「花飾りの他には、なにがお好きですか」

問いかけたあとで、何度目かわからない後悔《こうかい》の念に駆《か》られる。友人でもないのに好みを気軽に尋ねてどうする。

さすがに今度こそ叱《しか》られるかと覚悟《かくご》したのに、返ってきたのは純粋《じゅんすい》な驚きだった。

「なぜそんなことを聞く？」

「え？　ただ、花以外にも、竜の方のお好きなものを知りたいと思ったのです」

「――」

由衣王はふたたび前を向いた。しばらく無言だったが、やがて返事がくる。

「さあ。他に好ましいものなど、俺にあるのか」

彼が口にした言葉の意味を考える。この方は、自分がなにを好むのかわからないでいる？

ごまかされたのだとは思えなかった。暗い淵《ふち》に沈《しず》むような声音《こわね》だったからだ。

迷った末、白藍《しろあい》の背に、紗良はぽんと言葉を放《ほう》る。

「それでしたら、これからたくさんの喜びが待っておりますね」

「どういう意味だ」

「いま好ましいものがなにもないというなら、あとは日ごと、増えるばかりです。あれも好ましく、これもよく、と胸を輝《かがや》かせることが紅霞ならぬ煌霞《きらがすみ》のように降り注ぐのではないでしょうか。大変だわ、そうしますと毎日、被衣《かずき》が必要になるかもしれませんよ」

由衣王の足が急にとまった。だが彼は、今度は振り向かなかった。またゆっくりとした足取りで進み出す。機嫌を損ねたわけではないようだが、なぜかこの竜を寂《さび》しくさせたのではないかと紗良は感じた。

「……村にいた頃《ころ》、煌霞はおまえに降り注いでいたか？」

「はい！」

元気に返事をしてから、慌《あわ》てる。

「いえ、あの、皆《みな》が私に、喜びを降らせてくれていたんです。私はそれに浴するばかりでした」

「なら、帰りたいだろう」

「は――いえ」

「嘘《うそ》つきめ」

詰《なじ》る声を最後に、由衣王は口を閉《と》ざした。やはり寂しげな背中に思えた。


到着《とうちゃく》した先は、先ほど話題に上っていた蓬木ヶ池だ。四つの里の真ん中、つまり里を区分する十字の路《ろ》の中心にその池がある。

紗良は驚《おどろ》いた。どこまでも透《す》き通った、玻璃《はり》のような池だ。中央に緋《ひ》の小社が立っており、同色の平橋が渡されている。水面《みなも》には鏡のごとく社が映りこんでいた。あたかもそれは水中に対《つい》の社が存在するように。

時折夏の風が通り抜《ぬ》けようと、水面はちっとも揺《ゆ》らめかない。まさか本当に鏡がはられているのではないかと疑いそうになる。この里はどこもかしこも豪華《ごうか》で美しい。

見惚《みほ》れていると、「こちらを向け」と由衣王に命じられた。

「これをくわえろ。飲みこまずに、唇《くちびる》に挟《はさ》め」

桜色の小さな薄《うす》い札をくわえさせられ、紗良は戸惑う。口のなかに目が描《えが》かれている不気味な呪符《じゅふ》だ。彼はなぜか、紗良の肩《かた》に乗っている白羽にも呪符をくわえさせた。

「水中で身を守る呪符だ。いいか、一人であの社へ向かい、そのなかから水に沈め。水中には優曇華《うどんげ》の里がある。その中心に蓬莱樹《ほうらいじゅ》が立っている。蓬莱樹の玉の枝を薙刀《なぎなた》で折り、持ち帰れ。その実が、竜《りゅう》を生かす食物だ」

「――」

「だめだ、戻《もど》ってくるまで決して口を開くな。くわえさせた呪符が溶《と》ける前に必ず戻れ。それから枝を折る際――なるべく穢《けが》れを身に受けるな」

由衣王は目を合わせずに言った。

「竜の者はこの橋を渡《わた》れぬ。無理に進めば橋板が割れる。以前は、甕月儀《みかづきのぎ》で選定された神奴治《かめや》古《こ》しか渡れなかった。だがいまは里の神聖さが薄れたか、人なら誰《だれ》でも渡れるようになった」

紗良は何度か、瞬《まばた》きをした。これが、冶古が担《にな》う重要な役目のひとつなのだとわかった。

目礼し、緋色の橋に足を向ける。ふいに、くんっと袖《そで》がなにかに引っかかった。

振り向くと、由衣王が紗良の袖を無意識の様子で摑《つか》んでいた。

彼はそんな自分に気づくと、恥《は》じるようにぱっと手を放し、「早く行け」と吐《は》き捨てた。


社の内部には四隅《よすみ》の油瑚《あぶご》以外、調度品が置かれていない。

板敷《いたじ》きの間の中心に、正方形の穴が設けられているのみだ。そこから鏡のような水面がうかがえる。肩に乗りっぱなしの白羽をここで下ろそうとするも、がっしりと足でしがみつかれる。同行する気らしい。大丈夫《だいじょうぶ》なのかと不安になりつつ、白羽を撫《な》でる。沓《くつ》は脱《ぬ》いだほうがいいのかと迷ったが、そのままで行くことにした。おそるおそる爪先《つまさき》を水面に近づける。

わずかに水面に触《ふ》れた直後、見えない手に足を勢いよく引っぱられた。身体《からだ》が一瞬《いっしゅん》で水中に沈む。叫《さけ》びそうになったが、由衣王の忠告を思い出す。口を開くな。水中で身を守る呪符。

身体がするすると水底《みなそこ》へ落ちていく。薙刀を両手で抱《だ》きかかえる。深さは三路、いや、もう少しあるだろうか。水の色が変わらないので感覚が摑めない。そのうち、足が底に届いた。

――これが優曇華の花？

地の一面に咲《さ》いている。形は彼岸花《ひがんばな》にそっくりだ。どれも燃えるように赤い。

紗良は、死者の国に舞《ま》い降りたような気持ちになった。静謐《せいひつ》で、地上よりもっと澄《す》み切っている。水中には塵《ちり》ひとつ浮《う》いていない。優曇華は幻《まぼろし》の花。浄土《じょうど》の花ともいう。草蜉蝣《くさかげろう》の卵が優曇華に似ているという言い伝えがあるため、山月府では蜉蝣を浄土の虫と呼ぶこともある。それを思うと確かに、彼岸花に似たこの花の長い雄蕊《おしべ》は草蜉蝣を連想させる。

由衣王の説明通り、中央に大樹が見える。それがまた、天上の木かと思うような美麗《びれい》な色合いだった。幹は銀、葉は金、そして実は真珠《しんじゅ》のよう。

優曇華を掻《か》き分けて、大樹に近づく。踏《ふ》み倒《たお》さないよう注意しながら進んでいるので、なかなかたどり着けない。水干もまた、歩きにくさに拍車《はくしゃ》をかける。

ようやく根元に到着し、見上げる。葉は楕円《だえん》形。丸い実は枇杷《びわ》よりも小振《こぶ》りだ。

思案の末、手の届きそうな高さに垂れ下がっている枝を切り取ることに決める。

だが、折るのは、かなり抵抗《ていこう》があった。この世のものとは思えぬ美しい大樹だったからだ。

肩の白羽が催促《さいそく》するように足踏みする。紗良は覚悟を固めた。口にくわえている呪符が溶けてきている気がした。急いだほうがいい。

枝に一度薙刀の刃《は》を当て、位置を定めてから振り上げる。しかし、そこで一旦《いったん》手をとめる。

一歩下がってその場に平伏《へいふく》し、薙刀を脇《わき》に置く。

――これは卑賤《ひせん》なる地の人、紗良でございます。清浄たる蓬萊の霊《れい》よ、空の慈悲《じひ》をもってさ

やけき枝を与《あた》え給《たま》えと伏《ふ》して願い申し上げます。

祝詞《のりと》をあげるか、舞いを捧《ささ》げるなどすべきだろうが、残念ながら紗良にはどちらもわからない。こうして一心に祈《いの》りを捧げるのみだ。

立ち上がってから薙刀の柄《え》を握《にぎ》り直し、手のひらに感触《かんしょく》を馴染《なじ》ませる。

気を溜《た》め、背筋を伸《の》ばして、ひと振り。思ったよりも呆気《あっけ》なく枝は折れた。が——。

「!?」

折った箇所《かしょ》からどろっと黒い樹液が噴出《ふんしゅつ》し、顔に降り注ぐ。慌てて後退し、足元に落ちた枝を拾ってから袖で顔を拭《ぬぐ》う。ぞっとした。口の呪符にも樹液が付着したらしく、あっという間に溶けていく。急激に息がしにくくなった。全身に水圧がかかる。

紗良は勢いをつけて、とんっと地面を蹴《け》った。早く小社に戻らないと。

村では海女《あま》として生きていたのだから、泳ぎは得意だ。水を掻き分け、社を目指す。袖や袴《はかま》の裾《すそ》が手足に絡《から》みつく。薙刀も重い。もう少し。穴まで、もう少し——。

「——」

鋭《するど》い鳴き声で、目が覚めた。

あたたかくて細いなにかが、たしたしと紗良の顔をひっきりなしに叩《たた》いている。

「白羽？」

呼ぶと、嘴《くちばし》の先で忙《せわ》しなく頰《ほお》をつつかれた。甘えているようだが、けっこう痛い。瞼《まぶた》を擦《こす》り、上体を起こす。それだけの動作が怠《だる》くて仕方ない。ぼんやりと周囲をうかがえば、そこは静かな小社のなかだった。

「戻れたんだ」

紗良は少し驚いた。泳いで戻ろうとしたあたりから記《き》憶《おく》がない。

かたわらには薙刀が転がっていた。それを摑もうとして、左手に棒状の細いものが握られていることに気づく。水の底で手に入れた蓬萊樹の枝だ。

夢ではなかったのかと、紗良は神妙《しんみょう》な顔をする。しげしげと見つめて、これはまさしく浄土の枝だと感嘆《かんたん》する。銀の枝、金の葉、真珠のようなまろい実。葉の感触は、普通《ふつう》のものと変わらないが、枝にはかなりの違《ちが》いがある。こちらのほうがずっと滑《なめ》らかだった。

枝の観察を続けていると、白羽が鳴き、紗良の膝《ひざ》に飛び乗ってから定位置となっている肩《かた》へ移動した。のんびり休んでいないでここを出ないと。我《われ》に返って紗良は枝を垂領《たりくび》部分に無理やり差しこみ、薙刀を持って立ち上がろうとした。ところが、おもしろいほど膝が笑っている。

数歩進んだだけでよろめき、柱に縋《すが》るはめになった。

「……二日寝《ね》ないで畑仕事を手伝ったときみたい」

全身が疲労《ひろう》に覆《おお》われ、悲鳴を上げている。おまけにものすごく空腹だ。朝に菓子《かし》を口にしているのに、なぜこれほど目が回るのか。

今更《いまさら》気づいたが、水干はちっとも濡《ぬ》れていない。本当に不思議な池だ。

困惑《こんわく》しながら、足を引きずるようにして進む。小社の格子《こうし》を開け、外へ出る。

周囲を見まわして、ぎょっとした。いつの間にか外界は、とっぷりと夜の色に沈《しず》んでいる。

水の底にはせいぜい一刻くらいしかとどまっていなかったはずだ。いや、気を失っていた分も合わせたらもっとすぎているのだろうが——それにしたって一気に時間が流れすぎではないだろうか。こちらへは未《ひつじ》の刻に来たのだ。黄昏《たそがれ》時さえ飛び越《こ》えてしまっている。

茫然《ぼうぜん》としながら平橋を渡る。途中《とちゅう》、がくっと足の力が抜《ぬ》けた。いい音を立てて欄干《らんかん》に額をぶつけたのち、前のめりに倒れる。鼻も強打した。片手に提《さ》げていた薙刀《なぎなた》も落としてしまう。

紗良は羞恥《しゅうち》と痛みに襲《おそ》われ、娘《むすめ》とは思えぬような低い声で呻《うめ》いた。

びっくりしたように飛び上がって宙へ逃《に》げた白羽が、すぐさま橋板に降りてきて、心配そうに紗良の頰をつつく。それに小さな声で「大丈夫」と答え、両手をついて頭を上げる。乱れて、顔にかかる髪《かみ》が鬱陶《うっとう》しい。乱暴に横へ払《はら》い、領《えり》に突《つ》っこんでいた枝の実が潰《つぶ》れていないか確める。無事のようだ。

「よかった……」

枝を領に戻《もど》し、薙刀を持つ。立って歩くより這《は》うほうが楽かもしれない。そう思ってずるずると這いながら進んだが、これでは袴の生地《きじ》を傷《いた》めてしまう。諦《あきら》めて、欄干に縋りながら立ち上がる。そのまま欄干伝いに足を動かす。白羽が誘導《ゆうどう》するようにちまちまと欄干の先を進む。

ふたたび転倒《てんとう》せぬよう足元ばかり注視していたため、橋の終わりに人影《ひとかげ》があることに気づかなかった。あと数歩で渡《わた》り切る、と内心ほっとしたときだ。欄干に縋る腕《うで》を突然《とつぜん》摑《つか》まれ、ぐんっと力強く引き寄せられる。たたらを踏み、またも前のめりになって、紗良は焦《あせ》った。だが、紗良を引っぱる何者かによってすばやく腕のなかに囲われ、軽々と抱《だ》き上げられる。

紗良は悲鳴を上げ、必死に暴れて相手に薙刀を叩きつけようとした。

昨夜の異形の姿が脳裏《のうり》をよぎったのだ。薙刀攻撃《こうげき》に相手は大層慌《あわ》てたらしく、紗良を抱《かか》えたまま地面に膝をついた。薙刀もそのときに、もぎ取るようにして奪《うば》われる。

「落ち着け！」

こちらの動きを封《ふう》じるためか、胸が潰れそうになるほどの力で抱きすくめられる。もう一度悲鳴を上げたとき、上品な香《こう》の匂《にお》いを感じ取った。

紗良は暴れるのをやめ、ふわりと立ち上がる香《かお》りを深く吸いこみながら手探《てさぐ》りで相手の顔位置を確かめた。今日はあいにくの曇《くも》り。月も星もない。篝火《かがりび》や石灯籠《いしどうろう》のあかりも遠いせいで、よく見えない。でもこのふくよかな匂いは、紗良が仕える竜《りゅう》のものだ。沈香《じんこう》、甲香《こうこう》、丁子《ちょうじ》など、何種類も合わせた独特な香り。

「宵霧の君？」

まさかここで自分の帰りをずっと待っていてくれたのだろうか。紗良は驚《おどろ》いた。

指先が由衣王の頬に触《ふ》れた。紗和子にするときのように頬を包みこんで柔《やわ》らかく撫《な》でると、なぜか向こうも思わずといった調子で手のひらに顔をこすりつけてくる。だがすぐに、はっとしたようだ。狼狽《うろた》えた様子で軽く身を引かれる。紗良は息を呑《の》んだ。竜は、人ではない。それを改めて感じた。こんなに近い距離《きょり》にいながら互《たが》いの顔の輪郭《りんかく》さえぼやけてしまうような濃厚《のうこう》な夜のなかで、その瞳《ひとみ》が、不思議な虹彩《こうさい》を見せて輝《かがや》いている。

竜の瞳の美しさに、紗良は見惚《みほ》れた。夜の水面《みなも》に映る銀の月。そういう色合いの瞳だった。

「戻りが遅《おそ》すぎる。身に樹液を浴びたのか」

どのくらい見つめ合ったのか、わからない。急に、由衣王が硬《かた》い声を発した。

「ばかめ！　忠告したというのに！」

「あの、無事に枝を持ってまいりました——うわっ⁉」

色気もなにもない無粋《ぶすい》な声が自分の口から飛び出す。

由衣王がふたたび勢いよく紗良を抱え上げ、ざくざくと荒《あら》っぽく歩き始めたのだ。

「まこと、ばかか！　ばか！」

風雅《ふうが》とはいったい、と首を傾《かし》げたくなるような罵《のの》り方に、紗良は呆気に取られる。

怒《いか》りは感じなかった。むしろ胸がきゅうっと疼《うず》く。彼ら竜に対して一度は失望したというのに、それが覆《くつがえ》されそうになっている。由衣王が繰《く》り返す、ばか、は罵倒《ばとう》のようでいて違う。気が高ぶりすぎたときの紗和子と同じで、心配のあまりばかばかと腹を立てずにはいられないのではないか——そんなふうに思えた。

けれど、使い捨ての道具にすぎない冶古《やこ》なんかの身を高位の竜が案じるわけがない。

——ああ、月がほしい。

紗良は突如《とつじょ》、そんな欲《よく》に駆《か》られた。空に大きな月があれば、その光でいま、口の悪い竜がどんな顔をしているか確かめられるのに。

「宵霧の君、月がないのは悲しいです」

「月⁉　なにを言っているんだ——まさか目が見えぬのか？　目にも樹液を浴びたのか？」

やっぱりおかしいと思う。声だけ聞けば、本当にこちらを心配しているようじゃないか。

「誰《だれ》か！　そこにいるか！」

由衣王が早足で歩きながら、声を張り上げた。

「——由衣？　小社参りは済んだのか？」

この声は月時王だろう。

複数の足音もこちらに近づいてくる。なぜかわからないが、近くに三竜がうろうろしていたようだった。

「冶古になにかあったのか？」

「死んでいるんですか？」

「違う。蓬萊樹《ほうらいじゅ》の樹液を浴びたらしく――」

「はあ？　忠告しなかったのか？」

「ちょっと体温が低すぎませんか。樹液を浴びたせいですかね。ふとした拍子《ひょうし》に死にかける娘ですね」

「なんて鈍臭《どんくさ》い治古なんだよ」

「顔にかすり傷もあるようだが、なんでだろうな？」

「おまえたち、梨乃を呼んで、禊《みそぎ》の準備をさせろ」

この声は赤の竜、あの声は青の竜……と紗良は頭の片隅《かたすみ》で考える。

彼らにまで好き放題言われたが、なんだか切ない気持ちが生まれ、大声で泣きたくなる。

心はもうこの身にない。全部地上に置いてきたはずなのに、どうしてこれほど空っぽの胸が痛むのだろう？

四章　密やかなるは、言の奏楽

竜は雑食だ。

人と同じものも食せるし、獣《けもの》と同じものもまた食せる。焼いたもの、煮《に》たもの、干したもの、蒸《む》したもの。皮ごとでも、殻《から》ごとでも、多少の毒があろうとも、彼らは気にしない。

しかし彼ら竜は本来、空界の御座《ぎょざ》に侍《はべ》る誇《ほこ》り高い獣だ。定期的に空界のものを身に取りこまねば、当然ながら神気が濁《にご》っていく。なにせ人世は穢《けが》れが多い。

そこで空界に在る万物《ばんぶつ》の主は、彼らの消滅《しょうめつ》を防ごうと一粒《ひとつぶ》の実を地に落とした。

実は育ち、枝を広げ、大樹となった。それが蓬莱樹だが、万物の主は、実をもぐ際に厄介《やっかい》な制約を設けた。人を慈《いつく》しみ、人のために戦う高貴なる竜への感謝を忘れぬよう、人がその実を彼らに捧《ささ》げなさい。もしも彼らへの崇敬《すうけい》を忘れて献饌《けんせん》を怠《おこた》れば、それは空界の主を侮《あなど》ると同義である。空が怒りに鳴き震《ふる》え、京《みやこ》に神矢が降り注ぐ。神矢、つまり雷《かみなり》が京を焦土《しょうど》に変える。

こうした理由で竜たちは、人の手を借りねば蓬莱樹の枝を折ることがかなわなくなった。

だが空界のものである清らかな木の枝を人が折るという行為《こうい》は、当然ながら不敬に等しく、神罰《しんばつ》の対象とされる。人は命懸《いのちが》けで竜に枝を捧げねばならない。

空界の力をいただくということはそのくらい厳しく恐《おそ》ろしい犠牲《ぎせい》が必要となる。

「ずいぶん呼気が弱い」

葵《あおい》の袖《そで》を押さえて紗良《さら》の顔に手を近づけていた月時王《つきじおう》が、気難しげな顔つきで告げる。

――丑《うし》の刻。桔梗《ききょう》の里の邸宅《ていたく》、東の対の母屋《おもや》にて。

蓬木ヶ池《よもぎがいけ》から上がって昏倒《こんとう》した紗良の身を少しでも外気から遮断《しゃだん》すべきかと由衣王《ゆいおう》は考え、塗《ぬ》り籠《ごめ》の内に運びこんだ。

式の女たちに衣《ころも》を替《か》えさせ、身を清めさせたが、目を覚ます気配がない。しとねに横たわっている娘《むすめ》を華《はな》やかな四竜が沈鬱《ちんうつ》な面《おも》持ちで囲むという、怪《あや》しげな空間が出来上がっている。白烏《しろがらす》の白羽《しろば》は、紗良の首元に寄り添《そ》い、うとうとしている。

「鼻と目、口から樹液が入ったな」

月時王は医官のように冷静な眼差《まなざ》しで紗良を視診《ししん》する。

「これは長く持たないだろう。はじめに目がやられる。やがて樹液は心の臓にからみつき、鬼《おに》へ変貌《へんぼう》させる」

最年長の月時王は四竜のなかでも特殊《とくしゅ》な存在だ。

彼がどのようにして生じたか、誰も由来を知らない。そして唯一《ゆいいつ》のまだら竜である。他《ほか》は黒竜、紅竜、碧竜《へきりゅう》と、鱗《うろこ》の色が決まっている。ところが月時王の場合は、長い胴《どう》は砂色、手足は金茶、尾《お》にかけては乳白色と変化する。基本としてまだらものは下位に相当するが、月時王は空界の御座に侍ることを許されるほど神気芳《かんば》しい。

「樹《き》の血を浴びれば、それは人を侵《おか》す呪《じゅ》となる、仕方のない話だが……早いな」

月時王の瞳に陰《かげ》が落ちる。

なぜ天上人たちが自ら世話をせず、儀《ぎ》を行って里人を召《め》すというしきたりを設けたのか。簡単な話、死にたくないからだ。樹液が呪詛《じゅそ》となり、人を遠からず鬼へと変える。

最後は竜か陰陽師《おんみょうじ》に討《う》たれる。彼らにとって地の里人は「放っておいても勝手に育つ草」。畑でも、草は抜《ぬ》くものであるから、どれだけ死なせようと罪にはならない。

由衣王が、昼時の彼とは別人のように悲しげな表情を浮《う》かべる。

「儀を軽《かろ》んじて、安易に他の娘を連れてきた俺のせいだ。正しく選ばれた冶古であったなら、たった一度の小社参りで昏倒などしなかったろうに」

「ですが、もともと脆《もろ》い娘なんでしょう？　なら呪詛にも弱くて当然ではないですか」

小瑠王《こるおう》が螺鈿《らでん》の髪飾《かみかざ》りをいじりながら、困ったように由衣王を宥《なだ》める。

「にしたって、いくらなんでも早く死にすぎだわな」

片膝《かたひざ》を立てて座っている多々王《たたおう》がずばりと言った。由衣王はますます愁《うれ》いを身にまとう。

「こう、なんともいじらしい娘でしたよね。本音ではないとわかっていますが、末永く使ってください、などと言って」

小瑠王はしんみりとつぶやく。

無力な里人に「どうかお許しください、もう殺してください」と懇願《こんがん》された経験なら数えきれぬほどあるが、末永く、と未来を望まれたためしはない。それも散々脅《おど》したあとにだ。紗良に帰りたいと思わせるためあえて辛辣《しんらつ》な態度を取っていたのだが、後ろめたさは膨《ふく》れ上がる一方だ。多々王にしても、日中、貢物《こうもつ》の布を紗良が熱心に見つめているものだから、やはり若い娘だし着飾《きかざ》ることもしたいだろうと微笑《ほほえ》ましくなり、どの色がほしいかとつい尋《たず》ねてしまったわけだが、そのあとがいけなかった。紗良のつれない反応にむっとし、官吏《かんり》の前で彼女に無理難題を押しつけた。あげくに由衣王が、さっそく多々王は紗良がここから逃《に》げたくなるよう無茶《むちゃ》を言っているのだなと誤解し、話の流れに便乗した。

彼らは長い月日のあいだにいいだけ屈折《くっせつ》してしまっている。言動が、自身が思う以上に極端《きょくたん》かつ冷淡《れいたん》になってしまっていることに気づけないでいる。

また威厳《いげん》は大事とばかりに、より横柄《おうへい》に振《ふ》る舞《ま》ってきたのだ。里人どころか天上人相手にすら素直《すなお》になったことがないので、なおさら接し方がわからない状態だった。

「入水《にゅうすい》する」

由衣王が既《すで》に入水しているような顔つきで嘆《なげ》いた。

「せめて数日、休ませてやればよかった」

そう悔《く》いるも、彼らのほうもまた限界に近かった。もう一年も空界の食物を口にしていない。穢れが身にたまり、些細《ささい》なことで意識が負の念のほうへ傾《かたむ》くようになってしまっていたのだ。

「……なあ、俺の好きなものとは、なんだと思う？」

由衣王は突然《とつぜん》、妙《みょう》な質問を三竜に投げかけた。彼らは、呆気《あっけ》に取られた。

「おい、それはなんの意味がある質問なんだ。だいたい、おまえの好きなものをなんで俺たちに聞く？」

多々王がもっともな返事をする。

由衣王は戸惑《とまど》いの表情で首を傾《かし》げた。

「おのれがなにを好むか、よくわからぬ」

三竜は、彼の好みがいまこの深刻な状況《じょうきょう》においてどう関《かか》わるんだ、と内心怪しんだ。

由衣王は、真剣《しんけん》だがどこか気ままな調子で話を続ける。

「わからねば、答えられないだろう？」

「答える？　誰《だれ》に？」

小瑠王が聞き咎《とが》めて、彼を見つめる。

「俺の好きなものはなにかと、紗良に問われた。知りたいそうだ」

一拍置《いっぱく》いて、はあぁ!?　と三竜が叫《さけ》んだ。

「なに知らぬところで羨《うらや》ましい会話しているんですかおまえ。殺意漲《みなぎ》ります」

「ふざけているのか!?　なんでこの場面で惚気《のろけ》やがった、呪《のろ》われろ」

「……頭が痛い」

三竜の批判の眼差しにもめげず、由衣王は冷たい表情を浮かべて横を向く。

「死なせる前に、答えたいと思っただけだ。悪いか」

「悪いわ！　だいたいこの冶古《やこ》も、なんで呑気《のんき》に竜と談話しているんだ。危機感持てよ」

多々王が憎々《にくにく》しげに紗良の額をぱちりとはたく。

強い力ではなかったが、由衣王は慌《あわ》てて彼の手を払《はら》った。

「額が潰《つぶ》れたらどうする」

三竜は恨《うら》めしげに彼を見た。自分だけおいしい思いをしておきながら、という妬《ねた》みがこめられている。できるものなら彼らだって健気《けなげ》な里人を脅すのなんかやめて普通《ふつう》に愛《め》でていたい。

「俺を恨むな。おまえたちも娘と話せばいいだろうが。……もう目覚めなそうだが」

暗い声で由衣王が言う。

しばらく沈黙《ちんもく》が流れる。

「……もう少し、生かしませんか？」

小瑠王がふいに提案した。女のように繊細《せんさい》な顔には、悪戯《いたずら》っぽい笑《え》みが浮かんでいる。

「冶古に、俺たちの涙《なみだ》を飲ませません？」

竜たちは目を見張った。竜の涙は、天《そら》の雨に等しい。雨は地を育《はぐく》む。生命を守る。延命に繋《つな》がる。だが、人に与《あた》えすぎればこれもやはり呪に変じ、その者が持つ本来の定めを捩《ね》じ曲げてしまう。巫女《みこ》姫《ひめ》たる「斎花《さいか》」――神嫁《かみよめ》としていただくならともかくも。その選定に関しては残念だが、竜たちには干渉《かんしょう》が許されない。

「もう少しだけか？」

ややして由衣王が、ぎこちなく問う。

「ええ、もう少しだけ」

彼らは顔を見合わせる。

天帝《てんてい》の使いが私欲《しよく》で人の定めを変えるなど、当然褒《ほ》められた行為ではない。これこそ蛮行《ばんこう》だ。

だが結局のところ、彼らは天《そら》の生き物である。本来は死ぬはずじゃなかった娘の命が消えかかっている、なら無慈悲《むじひ》な風からちょっと守ってなにが悪い。人の理《ことわり》を大きく乱すわけじゃない、命の長さをもとに戻《もど》すだけだ——ある意味正しい理屈《りくつ》を彼らは握《にぎ》り締《し》める。

神の寵《ちょう》とはこのようなもの。望んで得られるものではないが、望まずとも得てしまうときがある。

「そうだな、本物の冶古ではない娘なのだし、生かしてやろう」

もっとも常識的な月時王でさえ、誘惑《ゆうわく》には抗《あらが》えない。

「ええ、死なせずに地へ帰すためです」

竜の神々は、あでやかな、含《ふく》みのある微笑《びしょう》を作る。

「では、鳴くか」

月時王の声に、小瑠王と多々王がさっと立ち上がる。竜鳴きは、突風《とっぷう》を招く。こちらの里に仕える式たちに、飛ばされたくなければ一刻ほど外へ出るなと伝えねばならない。

「もう少し生きろ」

由衣王が、眠《ねむ》る娘《むすめ》に向かって甘く囁《ささや》く。彼女の代わりに白羽が目を開き、くぁ、と鳴いた。

水底《みなそこ》にいた紗良が小社に向かって、もう少し、と願ったように。彼らもまた命に向かって手を伸《の》ばす。もう少し——。


紗良が目を覚ましたのは、東に明けの星が見える頃《ころ》だ。

昨日と同じように母屋《おもや》の御帳台《みちょうだい》に寝《ね》かされていたこともあり、これは現実なのか幻《まぼろし》なのかとまっさきに疑念がわく。白羽も首にくっついているから、なおさら惑《まど》う。

まさか時を遡《さかのぼ》ってしまったのではないか、あるいは逆に、身体《からだ》はずっとここにあって丸一日分の未来の夢でも見続けていたのか。どうにも冷静に判断できない。

考えこむうちに梨乃《りの》が姿を見せ、目覚めをひどく喜ばれた。しばらくして、やはり人懐《ひとなつ》っこい式の女たちにきゃあきゃあと取り囲まれ、昨日同様、湯浴《ゆあ》みに着替《きが》えに菓子《かし》に双六《すごろく》、香合《こうあ》わせなど、私は冶古じゃなかったっけ？　と悩《なや》むような雅《みやび》やかな時間をすごす。

そしてやはり、昨日同様に式の女が紗良を呼びにくる。

「紗良様、宵霧《よいぎり》の君が呼んでおられるわ」

「――はい」

紗良は、目が眩《くら》んだ。昨日と同じ展開だ。母屋へ向かい、寝癖《ねぐせ》のついた由衣王の湯浴みを手伝って、その後に三竜の世話もして――。ところが、その予想は裏切られた。

渡殿《わたどの》を進んで寝殿《しんでん》へ向かうと、中庭に面した廂《ひさし》に竜《りゅう》たちが揃《そろ》っている。

「もう湯浴みをすまされたのですか？」

後ろを歩く梨乃に小声で問うと、彼女は微笑んだ。

「いえ、きっとこのあと、入浴するとおっしゃるに違《ちが》いありません」

「このあと？」

「昨夜《ゆうべ》から眠らずに酒宴《しゅえん》に興じていらっしゃるのですよ」

「一睡《いっすい》もされていない？」

「ええ」

紗良は驚《おどろ》いた。一晩中酒盛りを続けて、身体は大丈夫《だいじょうぶ》なんだろうか。

彼らのほうに近づき、首を傾げる。彼らのまわりには酒膳《しゅぜん》の他《ほか》、札が散乱している。偏《へん》つぎや歌合わせでもしていたのだろうか。遊びにしてはずいぶんと真剣な顔つきだ。

こちらの到着《とうちゃく》に気づいた由衣王と目が合う。

彼は一枚の札を手のなかで弄《もてあそ》びながら、紗良を無遠慮《ぶえんりょ》に眺《なが》めまわした。飲み明かしていたというわりにはいささかも酔《よ》った形跡《けいせき》がない。竜にとって酒は水のようなものなのか。

「呑気なことだ。仕える主人を忘れて、女たちで戯《たわむ》れていたのか？」

皮肉を投げつけられ、慌てて詫《わ》びようとすると、梨乃がおかしそうに返事をする。

「宵霧の君ったら、そのような心にもない意地悪を。紗良様、真に受けてはいけませんよ。午《うま》の刻までゆっくり休ませてやれ、暇《ひま》そうにしていたら相手をしてやれとおっしゃっていたんですからね。竜の方々は色々こじらせていらっしゃるのですわ」

「梨乃」

由衣王が低い声で窘《たしな》め、彼女をきつく睨《にら》む。

紗良はおろおろと二人を順に見つめたが、梨乃に怯《おび》えた様子はない。

「まあ、こわい。紗良様、助けて」

梨乃が明るく笑いながら紗良の腕《うで》に優《やさ》しくしがみつく。他の式たちもきゃあと笑う。

「おまえたちはいつも姦《かしま》しいですね」

小瑠王が長い前髪《まえがみ》を耳にかけて、溜息《ためいき》をつく。

紗良は戸惑う。この竜たちは本当に、奇妙《きみょう》なところで寛容《かんよう》だと思う。

いまだって、たとえ式と言えど勝ち気にすぎると打ち据《す》えられてもおかしくないのに、まったく緊迫《きんぱく》した雰囲気《ふんいき》にならない。反対に、賑《にぎ》やかな彼女たちにたじたじの様子。

梨乃に促《うなが》されて、由衣王と小瑠王のあいだに少し下がる形で座る。

手元を見つめながら、時を遡ったわけでも夢を見続けているわけでもないのだ、とようやく理解する。だとするなら、小社へ入り、優曇華《うどんげ》の里に行ったことも現実の話。

確か橋を渡《わた》ったのち、気を失ったのではなかったか。不安の色を帯びた焦《あせ》りが胸中に広がっていく。地上では健康だけが取り柄《え》だったというのに、こちらへ来てから頻繁《ひんぱん》に倒《たお》れている。大気の薄《うす》さや宮の清浄《せいじょう》さが体調にこれほど深刻な影響《えいきょう》を及《およ》ぼすことになろうとは、思いもしなかった。

まともに務めを果たせていない状況《じょうきょう》を詫びようとして、思いとどまる。さすがに学習した。軽々しく話しかけていい相手ではないのだ。冶古である自覚を絶えず持たないと。

「まだ幽鬼《ゆうき》のように陰気《いんき》な顔をしているぞ」

由衣王がこちらを見下ろしながら、眉《まゆ》をひそめた。

「まこと脆《もろ》い。池に入るたび倒れるつもりか？」

「申し訳ございません」

「なんて厄介《やっかい》な……」

吐《は》き捨てられる語調のきつさに顔を上げられないでいると、顎《あご》を軽く掴《つか》まれた。

「俺たちが過剰《かじょう》に冶古を虐《しいた》げていると誤解される。まさか皆《みな》にそう思わせようと企《たくら》んでいるのか？」

そんな卑劣《ひれつ》な策なんか考えたこともない。

膝《ひざ》の上で拳《こぶし》を作り、ぐっと息を殺したとき――。

〈精気が戻っていない。なぜ無理に起きてくる？　もっと眠ったほうがいいのではないか？〉

「……えっ？」

紗良はぽかんと由衣王を見つめた。

――いま、なんておっしゃったの？

彼は紗良に触《ふ》れたまま、口元に手をあてて思案に沈《しず》んでいる。

〈強制的に眠らせるか？　……気を失うまで殴《なぐ》ればいいのか？〉

「いえ、それはちょっと！」

思わず言い返すと、由衣王は我《われ》に返った様子でぱっと紗良から手を放した。奇妙なものでも見るような目つきをされる。

「そう思わせるつもりがないなら、いつまでも陰気な顔を晒《さら》すな」

「は、はい……？　申し訳ございません……？」

なんとか謝罪の言葉を口にしたが、胸のなかは嵐《あらし》が吹《ふ》き荒《あ》れているような状態だ。こちらの身を案じる言葉――かなり物騒《ぶっそう》ではあるものの――を聞いた気がするのだが、幻聴《げんちょう》だろうか？

密《ひそ》かに混乱していると、今度は小瑠王に頬《ほお》を触《さわ》られた。紗良は固まった。

「まったく貧相な冶古《やこ》ですよね。おまえは海女《あま》であったとか。だからそうも生臭《なまぐさ》いんですか」

「ご不快な思いをさせて――」

生臭いと指摘《してき》され、さすがに紗良は羞恥《しゅうち》に頬を赤らめて俯《うつむ》いた。が。

〈血色が悪すぎる。由衣の言う通り、骨の代わりに枯《か》れ枝《えだ》が入っていそう〉

……ええっ？

〈なんだったら、俺の肉を食べさせる？　この子の膳に盛ってしまう？〉

「はい⁉」

肉⁉

とんでもない言葉を聞き、紗良は勢いよく身を引いた。

「にっ……⁉　に、に」

「なにを言っているんです？」

「に……！　に、二度と、過《あやま》ちを犯《おか》さぬよう、気をつけたいと思います……」

紗良は無理やりごまかした。小瑠王はきょとんとしている。

人魚の肉じゃあるまいし。こんな優しげな風貌《ふうぼう》の彼が、たとえ冗談《じょうだん》であっても自分の肉を食べさせるとか言うはずがない。強烈《きょうれつ》な幻聴だったと紗良は冷や汗《あせ》をかく。

小瑠王は疑念たっぷりの目でしばらく紗良を見つめると、今度は額に触れてきた。距離《きょり》の近さに狼狽《ろうばい》し、紗良は視線を泳がせた。自分のことを嫌《きら》っている様子なのに、なぜこうも積極的にかまってくるのだろうか。

「気味の悪い里人ですね、おまえは。そう暑くもないのになぜ汗をかくのですか」

「え、そ、それは」

――主に、肉のせいで。

「ああ、俺が恐《おそ》ろしいの？　まさか治古の分際で優しくしろとでも？」

「いいえ、そんな！」

〈わかった〉

――なにが⁉

〈あとで食べさせよう〉

――なにを⁉

〈腿肉《ももにく》〉

「お気持ちだけでじゅうぶんです‼」

紗良が絶叫《ぜっきょう》の勢いで固辞すると、小瑠王は手を放し、驚いたように軽く仰《の》け反った。

「私は大変元気ですので、どうぞ御身《おんみ》を全身全霊《ぜんれい》で労《いたわ》って！　削《けず》ったりしないで‼」

「う、うん……？」

「とにかく大事に！　大事に‼」

どうか膳に盛るのだけは思いとどまってほしい。その一心で紗良は訴《うった》えた。

礼儀《れいぎ》や身分を気にしている場合ではない。腿肉の衝撃《しょうげき》がすごすぎる。

びっくりしていた小瑠王はやがて頬を淡《あわ》く色づかせ、花開くように笑ったが、それを恥《は》じるように袖《そで》で隠《かく》す。

――もしかしてこの方、いま喜んだ？　どこに喜ぶ流れが……!?

こちらは戦慄《せんりつ》せずにはいられぬ状況だというのに。

「ご自分の身を大事にしてくださいますね？」

「うん、まあ……」

「約束してください。絶対に抉《えぐ》ったり切り取ったりしないと!!」

お願いですので！　と両の拳を握《にぎ》る。紗良の気迫《きはく》に、小瑠王以外の全員が引いている。

「うるさいですね。そこまで言うなら、おまえが俺を大事にすればいいんじゃないですか？」

ちらりと見遣《みや》り、試《ため》すように小瑠王が言う。紗良はもちろん真顔でうなずく。腿肉は回避《かいひ》。

「わかりました。私の命があるうちは、決してひとかけらの肉も損なわせることなく御身を大事にいたします！　たとえ竜《りゅう》の君ご自身であっても傷つけさせない！」

毎日湯浴《ゆあ》みのときに全身をくまなく確認《かくにん》させてもらおう。

もしもある日、どこかの肉が抉られていたら、それは……。

――だめ、それ以上は考えたくない！

「竜の君!!　ぜひこれからも私にお世話を！　湯浴みをお手伝いさせてください！」

「えっ、そ、そんなにしたい……？」

「しとうございます!!　他《ほか》の誰《だれ》にもこのお役目は渡したくない……っ！」

紗良はこの時点で完全に、若い娘《むすめ》が持つ羞恥心《しゅうちしん》を捨てた。

壮絶《そうぜつ》な日々の幕開けを予感して震《ふる》えていると、ぺこんと頭頂部を硬《かた》いもので軽く叩《たた》かれた。

振《ふ》り向けば、猛烈《もうれつ》に不機嫌《ふきげん》な顔をした由衣王が、閉じた扇《おうぎ》を片手に、紗良を睨んでいる。もう一度、扇の先で頭部をぺこんと叩かれた。痛みを感じない力だ。

「あの……？」

「ばかめ」

彼は勢いよく横を向く。多々王と月時王はこれ以上なく凍《こお》った目で小瑠王を見つめている。

当の小瑠王は、いつもよりもにこにこしていた。

どういうことだ。小瑠王の肉を断ったせいで彼らは機嫌《きげん》を損ねたとでもいうのか。竜の常識がわからない。ひょっとすると彼らにとって冶古に自身の肉を与《あた》える行為《こうい》は珍《めずら》しくない？

──む、無理！　私は食べたくない！

彼らは竜だから、ある意味、蛇《へび》の肉のようなものと考えられるのかもしれないが、そうであっても食するのはごめんだ。

しかし、少々引っかかることがある。例の腿肉という言葉を聞いたとき、小瑠王の口は動いていなかったように思えたが──。

紗良は緩《ゆる》く首を振った。考えすぎだろう。それよりもどうにかして話題を変え、彼らの意識を肉から逸《そ》らしたい。些細《ささい》な違和感《いわかん》よりもそちらのほうがよっぽど重要な問題だった。

すばやくあたりを見まわす。高杯《たかつき》に、見覚えのある果実が載《の》せられているのに気づく。

優曇華の里から持ち帰った蓬萊樹《ほうらいじゅ》の枝の実だ。真珠《しんじゅ》のようにとろりとした照りのある丸いその実が、ちょうど全員分用意されている。

食べないのだろうか。ふと疑問に思ってから、もしかして、と気づく。

優曇華の里へ、竜は足を運ぶことができないという。

それと同様に、この果実も自分の手で皮を剝《む》くことができないのでは？

「どうした？　その実が気になるのか？」

月時王がすいすいと酒を飲みながら問いかけてきた。

「だが、そいつは人の口には合わないぞ」

「いえ、違《ちが》うのです。こちらは蓬萊樹の実ですよね？」

「そうだが」

「ひょっとして、冶古じゃないと実の皮を剝けぬのではないかと」

うん？　と月時王は酒杯《しゅはい》を持つ手をとめ、首を傾《かし》げた。片目にかぶっていた前髪《まえがみ》が横に流れ、その秀麗《しゅうれい》な顔があらわになる。

「私の目覚めが遅《おそ》くなり、竜の方々は実を食せずにいらっしゃったのでは？」

紗良は恐縮《きょうしゅく》しながら告げた。月時王は、驚《おどろ》いている全員の顔を眺《なが》めまわすと、少し考えこむように宙を見つめ、うん、とひとつうなずいて酒杯を置いた。

「そうかもしれないな」

　おい、と多々王が淀《よど》んだ目をして即座《そくざ》に突《つ》っこんだが、月時王は取り合わず、ずいとこちらに近づいてきた。実を指差し、生真面目《きまじめ》にこう命じる。

「では、剝け」

「はい」

　やっぱりそうだったのか……？　と多少怪《あや》しみながらも実に手を伸《の》ばす。全員からえらく凝視《ぎょうし》されている上、空恐《そらおそ》ろしく感じるほどこの場は静まり返っている。

　皮を剝く手が震えた。失敗できない。果実は桃《もも》よりも硬い。皮のなかに、栗《くり》のような実が四つ入っていた。そのひとつを、怖々《こわごわ》とつまむ。紙に包んで渡《わた》すべきかと迷っていると、月時王に手首を摑《つか》まれた。「食う」と言うので、一粒《ひとつぶ》を彼の口のなかにそっと押しこんでやる。

　美味《おい》しいのだろうか。見守っていると、彼は袖で口元を覆《おお》った。

「ま、不味《まず》いのですか？　吐《は》き出しますか？」

「いや」と、月時王はもごもご告げた。その直後——〈これは、いかんな〉という言葉が紗良の耳に届く。月時王の目尻《めじり》が淡く色づいている。

　——ものすごく、不味いとか？

「お水を……、ない。ああ、お酒をどうぞ」

　紗良は摑まれたままの手を振りほどくと、急いで酒杯を持ち上げ、月時王の口に無理やり押しつけた。勢いがよすぎたせいか、飲みこめなかったらしき酒が彼の顎《あご》をつたう。

「申し訳ありません！」

あたふたと袖で拭《ぬぐ》えば、もう一度手首を握られる。彼は横を向き、また袖で口元を覆った。

〈いや、なんというかな。どうにもまずい。が、悪くない〉

どっちだ。

月時王はふいに表情を緩めた。摑んでいる紗良の手をしげしげと見て、軽く揺《ゆ》らし始める。

なにがおもしろいのか、頰《ほお》を上気させ、珍しく声を上げて笑い出す。

〈俺もなにか、これに食わせてやろうか。涙《なみだ》ではもはや芸がないから——肉か？〉

「⁉」

肉再来か。紗良はおののいた。選択肢《せんたくし》がおかしい。なぜ涙に、肉なのか。くだものなり魚なりと、もっと無難な食べ物がいくらでもあるだろうに。

月時王の指からそっと手を抜《ぬ》くと、今度は、ぐいと由衣王に髪《かみ》を引っぱられた。笑い悶《もだ》えている月時王は、小瑠王と多々王に腹立たしげに突き飛ばされている。

結局四竜全員に、実と酒を交互《こうご》に与えることになった。

その最中、式の女がぎょっとするほどにやにやしてこちらを眺めていたのだが、竜はまことに寛容《かんよう》だ。やはり彼女たちの怪しげな態度を咎《とが》めようとはしなかった。

どうやらひどく不味いらしい実を食したせいか、竜たちは皆《みな》、顔を背《そむ》けて身悶《みもだ》えしている。

誰もが〈まずい〉〈ならぬ〉とか〈胸がざわめく〉〈肉〉などとぼやいた。そこまで美味しくないものを食べねばならないとは大変だ。そう同情しつつも、なにか自分が間違っている気がしてならなかった。式たちの奇怪《きかい》なにやにやが、そんな疑惑《ぎわく》を一層増幅《ぞうふく》させる。

紗良は四竜が落ち着くのを待ってから、彼らの中心に散らばっている札について尋《たず》ねることにした。もちろんこれも、肉からなかなか離《はな》れてくれぬ竜たちの意識を変えさせるためだ。

「麗《うるわ》しき竜の方々。こちらの札は、どのような遊戯《ゆうぎ》なのでしょうか？」

「これか？」

復活し切れていない三竜を一瞥《いちべつ》したのち、月時王が曖昧《あいまい》な表情で笑う。

「そうだな、これは――とりあえず、一枚引いて俺に渡せ」

「私が引いてよろしいのですか？」

戸惑《とまど》いながらも、言われた通り札を選んで彼に渡す。

月時王は札を受け取ると、それを見てわずかに眉《まゆ》をひそめた。

「俺にも」

と、今度は多々王が顔を背けたまま命じる。

次に由衣王、小瑠王と、全員に札を差し出すことになった。

「おい、月時はなんだった？」

多々王が問うと、月時王は困ったように目尻を下げて軽く札を掲《かか》げる。

「人骨」

三竜《りゅう》は微妙《びみょう》な顔をした。

「由衣は？」と月時王が問う。

「……猪《いのしし》」

他《ほか》の竜たちはまた、なんとも言えない表情を浮《う》かべた。

「まあ、食ったら美味《うま》い……か？」

多々王が顎を撫《な》でながら、取り繕《つくろ》うようにつぶやく。ここで、肉？　と言いたげにこちらを見る月時王や小瑠王とは絶対に目を合わせないよう気をつけた。

「おまえたちは？」と由衣王が、小瑠王、多々王に問う。

「俺は、怨霊《おんりょう》なんですけど」

「こっちは耳。……耳ってどうするんだよ」

小瑠王と多々王は同時に不満そうな顔をした。

人骨、猪、怨霊、耳。なんの繋《つな》がりもなさそうな言葉に、紗良は首を捻《ひね》る。

式の女たちも札の意味がわからないらしく、不思議そうに視線をかわしている。

好奇心《こうきしん》を抑《おさ》えられなくなったのか、梨乃が代表して尋ねた。

「竜の皆様《みなさま》、この札はどういった遊戯なのですか？」

これに答えたのは、月時王だ。

「好みだ」

「好み、でございますか」

「おのれの好みなどこれまで気にしたことがなかった。だから、冶古《やこ》に選ばせた」

「と申しますと……？　あら、もしかして紗良様の選んだ札に書かれていたものを、皆様はそれぞれ、好物に決めようと思われた、ということですか？」

「そういうことだな」

式たちは、まあ、と口元を押さえた。先ほどのような、優雅《ゆうが》さとは対極の位置にある怪しい笑《え》みを浮かべる。

紗良は状況《じょうきょう》を把握《はあく》したのち、驚愕《きょうがく》した。人骨、猪、怨霊、耳。ろくなものがない。

「仕方ない。その辺にいる天上人の耳を刈《か》り取ってくるか」

多々王が真剣《しんけん》な顔つきで庭の向こうを眺める。それから、愕然《がくぜん》とする紗良をちらっと見ると、彼はなぜか、まかせろと言いたげに自信たっぷりな表情を作った。

「右でも左でもいいよな」

どういう意味！

多々王は赤菊《あかぎく》の色の長い髪をさっと手で払《はら》うと、凛々《りり》しい動きで立ち上がろうとした。

——本気で他人の耳を刈り取りに行こうとしてる⁉

紗良は急いで彼に近づいた。飛びつくような勢いで彼の手を掴む。

「お待ちを！」

男らしさと甘さ、その両方を備えている多々王の顔に、驚きが広がる。四竜のなかでもっとも色鮮《いろあざ》やかな印象を持つのが多々王だ。髪の色もだが、顔貌や立ち振《ふ》る舞《ま》いにも華《はな》がある。

「耳ではなく、他のものではどうでしょうか！」

「……なぜだ？」

〈なぜだ？〉

紗良は、多々王を凝視した。

いま、声が二重に聞こえた？

また幻聴《げんちょう》が始まったみたいだ。多々王の、髪同様に赤い瞳《ひとみ》を見つめながら考える。その目には艶《つや》と深みがあるから、菊より赤珊瑚《あかさんご》とたとえるほうが相応《ふさわ》しいかもしれない。

「なぜだと聞いている」

〈耳だろうが目玉だろうが金銀だろうが、大差などあるものか。心掻《か》き乱す特別なものでなければ、どれも川縁《かわべり》に転がる石に等しい〉

――え……。

〈にしても。女なのにこいつの手は荒《あ》れすぎじゃないか？　本当に枝のような細さだ。軽く握《にぎ》ったら砕《くだ》けるだろ〉

紗良はつかの間、放心した。

違《ちが》う、幻聴ではない。

けれども、声に出しているわけではない。

——これって多々王様の、心の声では？

紗良は動揺《どうよう》を殺しきれず、ぱっと手を放して身を引いた。まさかと思う。

だが自分以外の誰《だれ》も、もうひとつの声に反応する素振《そぶ》りを見せない。小瑠王のときもそうだった。腿肉《ももにく》などと、あんなに衝撃《しょうげき》的な発言をしたというのに皆、聞こえていないかのような雰《ふん》囲気《いき》だったのだ。月時王のときも。実際に紗良の耳にしか届いていなかったのではないか。

仮にこの推測が正しいとして、なぜ急に彼らの心の声が聞こえるようになったのだろう？

特別なことはなにもしていない。ひょっとして優曇華の里で樹液を浴びたから？……ちょっと違う気がする。

「目を開けたまま寝《ね》ているのか？」

多々王に、指先で額を軽めに弾《はじ》かれる。その瞬間《しゅんかん》、〈まだ具合が悪いのか？〉というこちらを案じるような声が聞こえた。紗良は身を強張《こわば》らせた。間違いない。なぜそうなったのかは不明だが——肌《はだ》に接触《せっしょく》すると、彼らの心の声が伝わってしまうようだ。

この事実におそらく竜たち自身は気づいていない。他者に心を覗《のぞ》き見されているも同然の状態なのだ、早く教えたほうがいい。

そう判断して口を開いたとき、簀子《すのこ》縁《えん》の向こう側に、挨拶《あいさつ》うかがいに来たらしき官吏《かんり》たちの姿を発見する。彼らから強い視線を感じた。親しげなものではない。負の念だ。

「おい？　なぜ急に黙《だま》りこむんだ」

多々王が呆《あき》れたように再度呼びかけてくる。

紗良は我《われ》に返った。官吏の目があるいまは伝えないほうがいい気がする。この場をしのぐために急いで適当な言葉を探す。なんの話をしていたのだったか――そうだ、札だ。

「ええ、その……赤く輝《かがや》く竜の君。耳ではなく、たとえば――赤珊瑚とかですと見るのも飾《かざ》るのも楽しいのではないでしょうか」

「珊瑚？　……そんなものか。どちらも大差ないな」

退屈《たいくつ》そうにつぶやく多々王を見上げると、紗良は胸の前で両手を握った。

「美しいですから」

「宝玉など見飽《みあ》きているが」

見飽きるほどの数を所有しているというのもすごい話だ。

「……私は海女《あま》でしたので、様々な海の恵《めぐ》みに浴してきましたが、赤珊瑚だけは採ったことがありません。十路、いえ、二十路以上もあるような、海のずっと奥深いところで密《ひそ》やかにその輝きを放っているのです。ですが時折、人魚が気まぐれに珊瑚を岩礁《がんしょう》に置いていくことがあります」

「人魚は悪《あ》しき怪だろ。なぜそいつがわざわざ置いていく」

「はい、竜の君。人魚はかつて海で溺《おぼ》れた貧しい海女が化けたものだという説もありますから、慈悲《じひ》なき世に恨《うら》みはあれども、月のきれいな、風の穏《おだ》やかな夜にはきっと人里が恋《こい》しくなって、細々と生きる者たちにわずかな加護を贈《おく》ってくれるのだと思います。海とともに生きる私たちにとって、珊瑚は貴重な神の宝です。厄《やく》よけにもなりますので、海女なら誰でも、いつか手に入れられたらと憧《あこが》れを抱《いだ》きます」

「……おまえもか？」

「身に釣《つ》り合わないとよくわかっておりますが、赤珊瑚だけはほしくて」

いつか紗和子《さわこ》に赤子が生まれたとき、祝いとして贈りたいと思っていたのだ。

残念ながらその夢は叶《かな》いそうにない。

「玉にすると、知らず溜息《ためいき》が漏《も》れるほど美しいです。まろく柔《やわ》らかですのに、じっと見つめると吸いこまれそうなくらい深い。強い力を秘《ひ》めた色です。恐《おそ》れながら、竜の君の目によく似ていると思います」

彼はなぜか、胸を押されたように一歩下がった。長い髪《かみ》の先が、ふわっと広がった。

「ですので、好ましいものを探しておられるのでしたら、赤珊瑚はいかがかと……」

しばらく多々王は無言で紗良を見下ろしていたが、ふいに長い髪を揺《ゆ》らして背を向けた。

戸惑《とまど》うあいだに、彼はずんずんと東の対のほう——官吏たちのいる側とは逆の渡殿《わたどの》を進んでいった。返事もなく置いていかれたので、不快にさせたのかそうじゃないのか判断できない。

途方《とほう》に暮れていると、別の方向から手を取られた。

「宵霧の君」

冬の夜の海に似た冷たい瞳の由衣王が、片手を紗良と繋《つな》げたまま、空いているほうの腕《うで》を持ち上げた。てっきり打たれるのかと身をすくめたとき、頭部になにかを乗せられる。

猪《いのしし》の絵が記された札だ。

「札で決めるのはやめた。珊瑚以外で、まともなものを考えてこい」

「……宵霧の君の、好ましいものをでしょうか？」

こちらを見下ろす瞳は首筋が粟立《あわだ》つほど冷酷《れいこく》な色を帯びている。機嫌《きげん》の悪さを示すように、眉間《みけん》にもかすかに皺《しわ》ができていた。

けれども紗良の内に直接飛びこんできた彼の心の声は〈誰が羨《うらや》むか。おのれ枝娘《えだむすめ》め、珊瑚以上の価値ある品じゃないと絶対に満足してやらぬ〉という妙《みょう》に拗《す》ねた感の漂《ただよ》う必死なものだった。

枝娘とはひどいが、そこに悪意がないのはわかる。

どちらが本物の彼だろう。残忍《ざんにん》なのか、優《やさ》しいのか。

紗良は急に、美貌《びぼう》が滴《したた》るようなこの謎《なぞ》めく竜《りゅう》の君を見ていられなくなった。不自然にならないよう視線の行方《ゆくえ》を顔から首元、胸へと下げていく。細心の注意を払って滑《すべ》り落とした視線はついに、繋がれている手でとまる。彼の手は大きく、また力強くて、鼓動《こどう》が知らず速まるほどに熱いから紗良はもう、言葉もない。

その後紗良は、多々王を除く三竜に挨拶をすませた男官《なんがん》から呼びつけられた。

正確には、官吏の知らせを聞く三竜の後方に控《ひか》えていると、そっと近づいてきた式の女に耳打ちされたのだ。辰弥《たつみ》の太史、沖貞《おきさだ》より辰弥《たつみ》伯《はく》から言づてを預かっているのでのちに東の中門へ来るように、とのこと。

辰弥伯とは長官である白長督《しろながのかみ》のことだ。複数の呼称《こしょう》があるのだという。単に伯と呼ばれることもある。竜神を祀《まつ》る辰弥庁《たつみちょう》は督《かみ》を頭《かしら》として、天官の大輔《たいふ》に少輔《しょう》、地官の大郎《たいろう》に小郎《しょうろう》、紺官《こんかん》の太史に少史と続く。ここまでが四司官として定められ、その下に典戸《のりと》、使部《つかいべ》が存在する。典戸は職人たちの集まりで、使部は雑用をこなす下級官たちの総称《そうしょう》だ。

辰弥庁で位階を持つのは四司官の少史までで、さらに内裏《だいり》への昇殿《しょうでん》が許されているのは正《しょう》四位の督と正五位の大輔のみとなっている。ちなみに位階は、正一位、従《じゅ》一位、正二位、従二位と続き、合わせて三十階、設けられている。正位は男子、従位は女子を示す。このうち、皇族は男女ともに必ず従四位までの位階を授《さず》けられる。

地上の者は天都《てんと》に住む人々をすべて「天上人」と呼び、ひとくくりにしているが、実際彼らのあいだには明確な境界が存在する。従六位までの位階を有する者が貴人、つまり栄華《えいが》を誇《ほこ》る真の「天上人」なのだ。彼らは図京《ときょう》周辺の地区に邸《やしき》を構えることが認められている。図京に近ければ近いほど、土地の守りは強い。

紗良を呼び出そうとした太史の沖貞は天上人ではなく、それ以下の位階を持つ中級官吏だ。

東の中門は、対屋《たいのや》と東釣り殿を結ぶ通廊の中間に設けられている。この壁《かべ》つきの中門廊から庭に出て、寝殿《しんでん》へ戻《もど》ることもできる。中門廊の外側に、使用人や客人用の殿舎や車宿りがある。

紗良は沖貞からの呼び出しを、本当に白長督の言づてによるものなのか疑った。

宵霧宮《よいぎりのみや》には白長督が使役《しえき》する式――梨乃たちも一緒《いっしょ》に暮らしている。伝言があるのなら、術でも駆使《くし》して彼女たちから報告させるのではないだろうか。なのに四竜の耳に入らぬようわざわざ式の女をつかまえて、紗良にこっそり伝えさせている。

――きっと言づてなんて嘘《うそ》で、なにか厭味《いやみ》を言われるんだろうなあ。

という紗良の懸念《けねん》は的中することになる。

身分が上の者からの呼び出しを無視するわけにもいかないので、式たちにまざって三竜のそばを離《はな》れたのち、中門へと急ぐ。

本日竜たちの機嫌伺《きげんうかが》いに訪《おとず》れていたのは、太史の沖貞の他《ほか》、大輔、小郎、使部たちだ。

紗良が中門に到着《とうちゃく》すると、そこには沖貞と使部の女官《にょかん》二人、男官一人がいた。

太史の沖貞はなにを言うより早く目を吊《つ》り上げ、扇《おうぎ》で紗良の顔を打った。

「遅《おそ》い！　下人の分際で俺を待たせるのか！」

「誰《だれ》が口を利《き》けと言った！　草に誰が言った‼」

「申し訳――」

三度、打たれた。

顔を打たれた一度目のときに頭を下げたので、二度目は肩《かた》、耳のあたりを狙《ねら》われた。怒鳴《どな》りつけて息が上がった沖貞は、しばらく紗良を睨《にら》みつけると、苛々《いらいら》と扇を握《にぎ》り締《し》めた。

「ええい、一年も草冶古《くさやこ》の真似事《まねごと》を強要され、散々奔走《ほんそう》してきたのだ。やっと道理に合わぬ惨《みじ》めな役目から解放されると思いきや、召《め》し抱《かか》えたのはこの貧相な下人のみとは！　腹立たしくてたまらぬ！」

草冶古、という表現はきっと蔑称《べっしょう》なのだろうと想像がつく。沖貞はこれまでの鬱憤《うっぷん》を吐《は》き出しているようだ。年は三十ほどか。四角張った顔の大柄《おおがら》な男である。眉《まゆ》は太く、鼻も大きい。

彼も、あの幻想《げんそう》的な優曇華の里に降りたのだろうか。――そうは思えなかった。根拠《こんきょ》はないが、天都の者たちは、小社参りをしたがらない気がする。

「おい、草。白い鳥はどうした。……早《はよ》う、答えろっ！」

癇癪《かんしゃく》を起こしたようにまた肩を打たれる。平伏《へいふく》し、痛みと衝撃《しょうげき》に耐《た》える。

――白羽を置いてきてよかった。

嫌な予感がしたので、白羽は梨乃に預けてきたのだ。

「あれはおまえが育てた烏《からす》か？　奇怪《きかい》な色の尾羽《おばね》を持っていただろう。さっさと連れてこい」

背筋が寒くなる。

白い動物は貢物《こうもつ》として喜ばれるのだ。それは地上でも同じだったので知っている。

「貴《たっと》き天の方、恐れ多くも草たる者が申し上げます。あの鳥は……、こちらの里で育てられている生き物でございます」

嘘すれすれの返事をする。

由衣王から直接飼っていいとは言われていないが、黙認《もくにん》されている状態だ。

「なんだと？　おい、虚言《きよげん》は許さんぞ。俺は何度もこの宮に参じているが、おまえが現れるまであのようなものは一度も見たことがない」

案外めざとい男だと紗良は焦《あせ》る。ここでうまく切り抜《ぬ》けなければ白羽は奪《うば》われ、殺される。

尾羽の長さや色合いからして普《ふ》通《つう》の鳥ではないとわかるが、この二日、他の誰にも懐《なつ》かずいつもぴっとりとくっつかれたおかげで既《すで》に情がわいている。渡《わた》したくない。

「卑小《ひしよう》な身の私にはあの鳥がどこから来たか予想もつきません。白い羽を持っていますので縁《えん》起《ぎ》がいいからと、宵霧の君もこちらで放し飼いにされているのではないでしょうか」

一応嘘ではない。白羽を見つけたのは最初の夜だが、その前にどこにいたのかは知らない。

「ではなぜおまえの肩に乗っていた」

「その、私が時々、お世話をしているので……」

沖貞は悔《くや》しそうな顔をした。由衣王が飼っているのなら、無断で連れ去るわけにはいかないと思っているようだ。

「……役に立たぬ草よ！　あんな薄汚《うすぎたな》い鳥などどうでもいいわ！」

それに慌《あわ》てて口を挟《はさ》んだのは、彼の背後に控えていた女官だ。

「お待ちください太史。あの白鳥から、強い神気を感じます。尾羽の黒が気になりますが……どこかであの鳥を見た覚えがあるのです。史書であったか、古記であったか」

「うるさい！　おまえがあの鳥を手に入れろなどと余計な言で惑《まど》わすから、このような卑《いや》しい地の草などと口を利く羽目になったのだ！」

「ですが、あれだけの神気を持つ鳥はそうそう見かけません。食せば、必ず吉兆《きっちょう》を引き寄せます。決して太史の損にはならぬと――」

「やかましいっ」

八つ当たりされた女官が、恨《うら》めしげに紗良を睨む。どうやらこの女官は巫《かんなぎ》のようだ。年は二十前後。青白く、影《かげ》の薄《うす》い印象がある。男官は小綺麗《こぎれい》な直衣《のうし》に狩衣《かりぎぬ》、もう一人の女官は大袖《おおそで》に内衣、裙《くん》という伝統的な礼服姿。彼女のみが水干を着用している。

「戻るぞ！」

大いに機嫌を損《そこ》ねた太史の沖貞は、もはや紗良には見向きもせず、足音荒《あら》く歩き去る。

巫は執着《しゅうちゃく》と妬《ねた》みのこもるねっとりした目でしばらく紗良を見つめていたが、やがて名残惜《なごりお》しげに彼らのあとを追った。彼らの姿が見えなくなるまで待ってから、紗良はゆっくりと身を起こし、大きな溜息《ためいき》を落とした。

額から頬《ほお》にかけて、それから肩と、扇で打たれた場所が痛む。

本当に白羽を連れてこなくてよかった。まさか食べるつもりだったとは。

太史らの会話を頭のなかで再生し、紗良は心臓の上に手を置く。

「もしかして、由衣王様たちの心の声が聞こえるようになった理由って、白羽の力が関係しているの……？」

巫は、白羽の神気が強いと言っていた。

その稀《まれ》なる力が紗良に影響《えいきょう》を与《あた》えているのではないだろうか。

――実際はまったくの見当違《けんとうちが》いで、由衣王たちが与えた涙《なみだ》が作用しているのだが、そんな事情はいまの紗良にはわからない。

紗良は片手で口元を覆《おお》う。心の声を筒抜《つつぬ》けにするほどの希少な力があると竜《りゅう》たちに知られたら、沖貞のように食べようとするのではないか。紗良がこういう偏《かたよ》った考えに取り憑《つ》かれるのも、ある意味仕方がないと言える。小瑠王の強烈《きょうれつ》な「腿肉《ももにく》」発言が頭から離れないのだ。自分の身すら食べ物として考えるような彼らが、力溢《あふ》れる白羽を見逃《みのが》すとはとても思えなかった。

――だめだわ、言えない。

白羽の安全が保障されるまで、心の声が聞こえることは自分だけの秘密にしよう。

扇で打たれたところよりもなぜか胸のほうが、強い痛みを訴《うった》えてくる。それを、否定の言葉でごまかす。私は別に竜の寵愛《ちょうあい》がほしいわけじゃない。彼らに真心を捧《ささ》げると誓《ちか》ったわけでもない。だいたい心は地上の人々に捧げたんだから。

紗良は顔を上げ、寝殿へ急いだ。なるべく白羽を他の者には触《ふ》れさせないようにしないと。


それから、七日がすぎた。

不思議なことに、小社参りをすませた日以来、いままでの息苦しさは幻《まぼろし》だったのかと思うくらい身体《からだ》が軽くなっている。梨乃から日課を聞き出し、神奴冶古《かめやこ》の務めに励《はげ》む。といってもお宮の清掃《せいそう》と食事の支度《したく》は、女たちとは異なる別の式神がすませてしまう。こちらは涼《すず》しげな薄青《うすあお》の色で揃《そろ》えた水干姿の少年少女たちだ。

お宮での紗良の仕事は四竜の湯浴《ゆあ》みの手伝いと寝《ね》かしつけ、酒宴《しゅえん》の準備、貢物の管理だ。それと、多々王に命じられた縫《ぬ》い物。小社参りは、そう頻繁《ひんぱん》にこなす必要はないと由衣王に言い渡されている。他に重要な仕事といえば竜の穢《けが》れを削《けず》ることらしいが、こちらはまだ一度もしていない。普段《ふだん》の湯浴みとは違うらしい。

「紗良、どこにいる」

「はい！　ここにおります」

北側の廂《ひさし》で縫い物に精を出していると、由衣王の呼ぶ声が聞こえた。

急いで布を片づけ、彼のいる部屋に向かう。紗良は目を丸くした。御帳台《みちょうだい》のそばに座る由衣王の前には、広げられた布地が散乱している。先日届いた新しい貢物だ。

「邪魔《じゃま》だから、片づけろ」

「はい」

布を眺《なが》めて楽しんでいたのだろうか。手前側の布から巻き直そうと、袴《はかま》の裾《すそ》に気をつけて身を屈《かが》めると、由衣王が脇息《きょうそく》をこつりと指先で叩《たた》き、しかめ面《つら》を見せた。

「ここにある色はどれも気に食わない。捨てておけ」

「は……、えっ⁉」

上等な絹を全部捨てるつもりなのかと、紗良は耳を疑った。肩に乗せている白羽が、くぇーと呑気《のんき》に鳴く。それが癇《かん》に障《さわ》ったのか、由衣王はむっと眉根《まゆね》を寄せた。

「口答えせよと俺は言ったか？」

「い、いえ。失礼いたしました」

紗良はしどろもどろになった。内心、もったいない！　という思いでいっぱいだった。

貴人の暮らしは、想像を絶するくらい贅沢《ぜいたく》だ。高価な布さえ簡単に捨てられるなんて。

「ああ、それにしてもおまえは、見窄《みすぼ》らしい恰好《かっこう》をしているな。いらぬ布だが、おまえにはよいだろう。持っていけ」

「だから、口答えをする気なのかと」

「は、はい⁉」

「いえ、その、そんなつもりはございません。ですがこの美しい布を全部……？」

肩《かた》にもっふりと乗っている白羽が、くぁー、と欠伸《あくび》のような鳴き声を聞かせた。すると由衣王がまた険しい顔をする。まるで意思の疎通《そつう》ができているようだ。

神に仕える巫姿なので、そうしみじみと嘆《なげ》かれるほど見窄らしい恰好ではないはずだし、こんなに大量の布を譲《ゆず》られてもどう保管していいのかわからない。それに由衣王だって、これらを本当に不要と思っているようには見えないのだ。

忠誠心を試《ため》すつもりなのか、それともなにか他《ほか》に意図があるのか。布を手にしたまま固まっていると、由衣王は、くあ、と白羽みたいに緩《ゆる》い欠伸をして「眠《ねむ》い」とぼやいた。

「膝《ひざ》を寄越《よこ》せ」

彼は威圧《いあつ》的に命じると、紗良が答える前に身を寄せてきて、頭を膝に乗せた。

「枝娘《えだむすめ》が。膝まで枝が入っているのか。ちっとも肉がついておらぬ」と罵《ののし》られたが、その後に少し表情をやわらげ、「おまえは紅葉《もみじ》色の布が合うのではないか。秋頃《ごろ》までに仕立ててはどうか？」などとその辺に広がっていた布を指差し、すすめてくる。

戸惑《とまど》っていると、ふいに手を取られた。

「指先が荒《あ》れている。まことおまえは、身体の隅々《すみずみ》までどうしてこう、ひ弱な……」

〈わからぬ。梨乃にとにかく食べさせるよう命じたはずだが、なぜ太らない？　なんの肉ならふっくらと肥えるのか〉

肌に直接触れたため、由衣王の心の声が聞こえてきた。

「申し訳ございません……」

「宮の冶古として身を清め、きちんと整えろ」

〈こちらの食べ物は里人に合わないのかもしれない。そうは言っても、なにも食べぬというわけには。……遠慮《えんりょ》しているだけという可能性もある。なら、寝ているときにでもちょっと腹《はら》を裂《さ》いて鮎《あゆ》や鹿肉《かのしし》でも詰《つ》めこんでおけばいいか？〉

「……。はい、心から真剣《しんけん》に気をつけたいと思います！」

「叫《さけ》ばなくても聞こえている」

〈しかし妙《みょう》な娘だ。俺は竜だぞ？　ここでもっとも野蛮《やばん》な化け物だぞ。なぜ怯《おび》えない〉

「失礼しました」

「おまえ、いまなぜ笑った。俺を笑ったのか？」

〈怯えずに笑うとはどういうことだ。この娘おかしい〉

「い、いえ、とんでもないことです」

「仕置きをされたいか」

〈そら怯えろ。脅《おど》しているんだ。この、怯えぬか〉

「お許しください、竜の君」

「まったく。次はない」

〈いいぞ、そうだ。もっと怯えろ。……待て、横を向くな。顔が見えない〉

「き、肝《きも》に銘《めい》じます……っ」

「そうせよ」

〈いや、違う。震《ふる》えさせるほど脅す気は……。まさか泣くのでは？〉

紗良は震えた。恐《おそ》ろしさではなく、なんとも言えず笑いがこみ上げてくるような、むずむずした気持ちのせいでだ。とてもじっとしていられない。「もうやめて！」と叫びたくもなるのだが、決して不快なわけではない。

——この方、やっぱりただの親切な方だわ！

よくわかった。悪いのは、口だけなのだ。

「こんなつまらぬ貧しい冶古を、なぜ召《め》してしまったのか……」

〈早く俺たちを見限り、村に帰りたいと思えばいいものを。車宿りの羽羽獅《うばし》に乗って、行ってしまえ〉

ふいにそんな寂《さび》しげな心の声が飛びこんできて、紗良は愕然《がくぜん》と由衣王を見下ろす。

彼も貫《つらぬ》くような目で紗良を見上げていた。表情のみなら、相変わらず冷淡《れいたん》で傲慢《ごうまん》、というふうにしか見えない。

「いま、なんて……？」

行ってしまえって、どういうことなの。

「醜《みにく》いおまえなど俺の宮に連れてきたくはなかった」

強い口調で吐《は》き捨てられる。心底嫌《いや》だというように。

〈まこと、連れてきたくなどなかったのだ〉

紗良は、心の声に息を呑《の》む。

〈俺のせいだ。すまない〉

「宵霧の君、そんな――」

〈か弱く、心柔《やわ》らかな娘の定めを歪《ゆが》めてしまった。せめて散る前に、帰ってしまえばいい〉

次々と響《ひび》く声に、圧倒《あっとう》される。

〈悪かった〉

〈俺の罵倒《ばとう》に、さぞ傷ついているだろう〉

〈醜いのは俺なのだ〉

〈髪《かみ》が美しくなった。あんなにごわごわとしていたから、どうしたものかと〉

〈だが、美しい髪などなくてもおまえは地上で幸福だったか〉

〈村で仲睦《なかむつ》まじく、あの娘たちと暮らせ〉

〈それにしても虚しいことだ。おまえは貧しくとも、心が豊かであるのに〉

〈俺はなぜ、貴人も羨《うらや》む珍《めずら》かな宝玉に埋《う》もれていながらこうまで心貧しく……〉

〈人の手はあたたかい〉

〈帰ってしまえ〉

〈だが、あと一日くらい、帰らないでくれ〉

〈この胸にある空洞《くうどう》はなんなのか。風が入り、軋《きし》まぬ日はない〉

〈穴だらけの化け物なのか、俺は〉

〈化け物め……〉


「宵霧の君――、どうかそんなひどいことを、おっしゃらないで」

紗良は思わず涙《なみだ》を落とした。

〈ああ、やはり俺が泣かせている〉

「竜《りゅう》の方、私は嬉《うれ》しいのです。あなたに召されて、心から嬉しいのです」

言わずにはいられなかった。けれど、由衣王の心に届いた様子はない。

「やめろ。実のない虚言《きょげん》ほどつまらぬものはない」

「――私はなんて悪い人間でしょうか、この誉《ほま》れに浴するのは本当なら私じゃなかった。栄誉《えいよ》を奪《うば》ってしまいました、とても許されることではありません」

「許すもなにも、誰《だれ》が冶古《やこ》になろうと同じこと。我《われ》らに草の見分けなどつくものか」

〈嘘《うそ》つきめ、あの娘を救うため身代わりになったくせに〉

「ええ……、そうであったら、どんなに救われるか」

「救われる？　いずれ死ぬ身に救いが必要なのか？」

〈そうか、それほど死にたいのか。村の者たちのために、喜んで死ねるのか〉

〈それこそがおまえの救いか〉

〈俺のために死ぬ者はいないのだ〉

由衣王は紗良から目を逸《そ》らすと、膝の上に頭を乗せた状態で拗《す》ねたように横を向く。触《ふ》れたままのあたたかな手から、ほろほろと彼の寂しさが伝わってくる。

――心清き竜の君《おお》。あなたのそばで死なせてください。

紗良は顔を覆いたくなった。この竜は紗良の存在を心から疎《うと》んじている。

姿形が見窄《みすぼ》らしくて教養のない下人だからという理由ではない。自分たちのせいで里人が犠《ぎ》牲《せい》にされ続けてきたことをひどく愁《うれ》えている。

——だから私を村に戻《もど》そうと考えてくださったのですね。

夜の海辺で紗良と紗和子が互《たが》いを守ろうと口論していたとき、竜はどんな思いで眺《なが》めていたのだろう。もちろん彼がどんなに同情しようとも、死ぬ定めを押しつけられた事実は変わらないし、そのことに対するやりきれなさや怒《いか》りもまた簡単に消せるものではない。

利己心だけで里人の運命を踏《ふ》みにじる天上人たちにも、本音を言えば全身が震えるくらいの憤《いきどお》りを感じている。里人は貧しい暮らしのなかでもしっかり貢物《こうもつ》をおさめている。それなのに命まで渡《わた》せとは、非道にもほどがある。

しかし、紗良は知っている。竜という存在は人のために心を砕《くだ》く。

右記ノ國《うきのくに》の首都は、言葉の通り宙に留《とど》まっているこの浮《う》き島にある。揺《ゆ》らぎやすい。始祖帝《しそてい》は天将であったという。かつて同じ空界に存在した者のために、初代の竜は天都に下ったのだ。当時の竜は、始祖帝崩御《ほうぎょ》とともに自らも石化して滅《ほろ》びた。いまの竜は六代目か。三代、四代は人のように短命だったという。始祖帝のときとは状況《じょうきょう》が異なる。三代目は国土争いの果てに滅び、四代目は水鹿神《みかがみ》に殺されている。

紗良は五年前、両親が殺されたときに竜と思《おぼ》しき影を見ている。四竜の誰であったかは判然としない。暗い夜のことで、それもずいぶん距離《きょり》があったから、それらしき輪郭《りんかく》を目にしたという程度だ。だがあのときの竜が村の全滅《ぜんめつ》を防いでくれた。両親の死は無駄《むだ》にならずにすんだ。

紗良の母は、村に流れてきた不幸なあそび女《め》だ。ある日出掛《でか》けた川辺で豪族《ごうぞく》に弄《もてあそ》ばれ、生まれた村から追放された。その母を、弧張《こば》り村の父が妻として迎《むか》えた。里人たちも母を村の一員としてあたたかく受け入れた。

——あの、警鼓《けいこ》が鳴らなかったのに水鹿神が海から上がってきた夜。

浜《はま》への侵入《しんにゅう》を防ぐ術が間に合わず、紗良たち里人は長老の屋敷《やしき》に集まって震えるしかできなかった。そのなかで立ち上がり、屋敷を飛び出したのが母だった。遅《おく》れて父が皆《みな》に深く頭を下げ、「娘《むすめ》をお願いします」と言って母を追った。しばらくして母の「こっちよ、こっち！　あたしはここよ」という楽しげな声が外から聞こえてきた。その声はすぐに遠ざかっていった。屋敷の里人たちがかわるがわる紗良を抱《だ》き締《し》めた。皆が、すまなかった、許しておくれと泣《な》き濡《ぬ》れた。だが、誰も悪いことなんてしていない。母は自分の意志で立ち上がったのだ。

水鹿神を誘《さそ》う母の声は本当に楽しそうだった。村の人々をこれ以上なく愛しているからだ。不幸な女はもういない。紗良だって、母が父と一緒《いっしょ》に幸せに逝《ゆ》けたのなら嬉しい。

いまのうちに逃《に》げないと、と紗和子の母親が声を張り上げた。生きるのよ。しゃんとするのよと皆を急《せ》かした。全員で手に手を取り、屋敷を出た。そして振《ふ》り返ったとき、竜の咆哮《ほうこう》を聞いた。天から降りてきた大きな影《かげ》が、浜辺《はまべ》で水鹿神と争っていた。

翌朝、母がつけていた小さな赤珊瑚《あかさんご》の髪飾《かみかざ》りが浜辺にころりと転がっていた。それは誰より親切にしてくれた紗和子の母親に譲《ゆず》った。村の被害《ひがい》は、たった二人の死ですんだのだ。

紗良の母と父の死を悼《いた》み、村の人々は何日も何日も泣いてくれた。紗良はそれだけで胸がいっぱいになった。母たちが報《むく》われたような気もした。

もしも、と思う。じゃあこの美しい竜が死んだとき、村の人々のように、愛《いと》しい会いたいと全身で泣いてくれる者はいるのだろうか？

紗良はふと耳を澄《す》ます。豪奢《ごうしゃ》だが静かな屋敷だ。ちっとも楽しげな気配を感じない。毎日貢物が届くような贅沢三昧《ぜいたくざんまい》な暮らしだけれど、四竜はいつだって憂鬱《ゆううつ》な表情を浮《う》かべている。

彼らは遠くから敬われるより、隣《となり》に座って触れられるほうが嬉しいのではないか。

紗良は、由衣王の手を握《にぎ》る指に力をこめる。ごめんなさい、と胸のなかで謝る。自分にはもう、捧《ささ》げられる心がない。竜の孤独《こどく》を癒《い》やすことはできそうにないのだ。

――これ以上は、この方の心を知らないほうがいい。

本当は慈悲《じひ》深《ぶか》く穏《おだ》やかな性格なのだとわかった。

白羽の力について話しても、もう大丈夫《だいじょうぶ》だろう。そう判断したときだった。

〈――もしも心を打ち明ければ、この娘は泣かずにすんだのか〉

彼の心の声が聞こえ、紗良はどきりとした。動揺《どうよう》を見せまいと、必死に表情を取り繕《つくろ》う。

由衣王の手を放そうとしたが、逆に強く摑《つか》まれた。

「いつまでもみっともない泣き顔を晒《さら》すな」

〈そんなに俺が恐《おそ》ろしかったのか？　人の姿のときなら、たとえようもなく優美であると褒《ほ》め

られているのに……〉

「私は、泣いておりません」

「だから鬱陶《うっとう》しい嘘はやめよ。耳障《みみざわ》りだ」

〈なにを俺は弱気になっているのか。――知られてはならない。この娘に心の内を知られるくらいなら、潔《いさぎよ》く入水《にゅうすい》する〉

――えっ⁉

入水という過激な言葉に、紗良は内心飛び上がる。一見冷酷《れいこく》な由衣王が、実は口癖《くちぐせ》のように入水すると毎日つぶやくような死にたがりである事実を、紗良は知らない。

――どうしよう⁉　言えない！

「ああ、面倒《めんどう》だな！　いい加減泣き止《や》め。おまえは鬱陶しすぎる！」

〈そうだ、人に心を明け渡すなどとんでもない。そのときは多々王らも道連れに入水してやる〉

「よ、宵霧の君！」

彼は舌打ちをひとつすると、上体を起こし、なぜか紗良の身に腕《うで》を回した。いやらしさのない抱擁《ほうよう》だった。宥《なだ》めるように紗良の背をとんとんと叩《たた》く。肩《かた》の上で眠《ねむ》っていた白羽が迷惑《めいわく》そうに飛び降りて、周囲に広げられている布の海に潜《もぐ》りこんだ。翼《つばさ》をばたつかせて遊び始める。

「鬱陶しい上に、うるさい」

〈俺に怯《おび》えるべきだが、泣くのはよせ。どうにも胸の軋《きし》みが強くなる。幻《まぼろし》の痛みをもたらすよ

うな厄介《やっかい》な娘など、一刻も早く追い出さねば〉

由衣王の腕のなかで、紗良は茫然《ぼうぜん》とした。

大変なことになった。ここで自分が、「たぶん白羽の力のせいで、あなたの心の声が筒抜《つつぬ》け状態です」と包《つつ》み隠《かく》さず伝えれば、由衣王どころか三竜《りゅう》までが海の底に沈《しず》みかねない。

もっと早く決断していればと後悔《こうかい》する。相手の心を盗《ぬす》み見するのも後ろめたい。

——できるだけ、触《さわ》らないようにしないと。接触《せっしょく》しなきゃ心の声は聞こえないんだし。

とりあえず現段階で対処できるのはそのくらいだ。

紗良は複雑な気持ちを抱《いだ》く。梨乃に聞いたところによると、四竜は正《しょう》二位。皇族と同等の位階を持つ貴人がこうも軽々しく奴《やっこ》に触れたり抱きかかえたりなど普通《ふつう》はしない。心の声を不用意に聞いてしまう心配なんて、本来ならしなくていいはずなのだ。

「まことおまえは手間をかけさせる」

〈落ち着いたようだな。他愛《たあい》ないことよ。しょせん人は長命の竜からすれば赤子のようなもの〉

聞こえてきた心の声に、紗良はあやうく噴《ふ》き出しかけた。

つんと澄ました顔のくせに、心の声は妙《みょう》に得意げだったのだ。

「おまえはいったいなんなんだ？　いま泣いていたと思ったら急に楽しげな顔をする」

〈里人とはこんなに喜怒《きど》哀楽《あいらく》が激しいものだっただろうか。宮仕えの冶古は一様に俯《うつむ》いていた。灰色の表情しか覚えておらぬ。いや、感情に乏《とぼ》しいと言い切れるほどには里人を知らない〉

由衣王は溜息《ためいき》を落とすと、その場に膝《ひざ》を立てて座り直した。

やっと身を離してくれたと思いきや、むんずと手を摑まれる。そこへ意識を集中させないよう紗良は彼の恰好《かっこう》に注目した。今日の袍《ほう》は青紫《あおむらさき》。由衣王はあまり季節の色目にこだわらないのか、暗めの衣《ころも》をよくまとう。花の髪飾りは出掛けるときにしかつけないようだ。

「じろじろと人の顔を見て、なんのつもりだ？」

〈見惚《みほ》れている……ようではない。そんなに大きく見開いて、目玉が落ちないか？　それにしても輝《かがや》きの強い目だ。よく見ると青みがかっている。これは海女《あま》だったな。海の色を吸いこんできたのか。瑠璃《るり》のようだ〉

紗良は勢いよく下を向いた。

「今更恥《いまさらは》じらうか」

由衣王は鼻で笑ったが――〈頭が雛鳥《ひなどり》のように丸い。もう少し髪《かみ》を伸《の》ばせば見栄《みば》えがするだろうに。目が青いのなら浅黄か、二藍《ふたあい》の衣が合うか。いや、そうおとなびたものよりも桜のような儚《はかな》い色のほうが愛らしくなる〉という優《やさ》しげな声が聞こえてくる。

紗良はもっと深く俯いた。お願いだから心の声を自重してほしい。

熱を帯び始める頰《ほお》をどうしたものかと悩《なや》んでいると、こちらに足音が近づいてきた。部屋の前で止まった直後、几帳《きちょう》が開かれる。

現れたのは多々王だった。彼は順に紗良たちを見ると、荒《あら》っぽい仕草で袖《そで》を払《はら》い、横に座った。髪には夏の草花、薄緑《うすみどり》の狩衣《かりぎぬ》を着用している。

そういえば今日は朝から顔を見ていない。近くの川へでも出掛けていたのかもしれない。

多々王は、由衣王に摑まれていた紗良の手をひったくるように取ると、いきなりぐいぐいと指になにかを押しつけてきた。

「乱暴な。冶古《やこ》の指が折れるぞ」

由衣王が注意するも、多々王は聞いていない。

「多々王──赤鴇《あかつき》の君、これは……」

多々王は、ほぼ閉じているに等しいが東の路《みち》の果てに広大な赤鴇宮《あかつきのみや》を持っているので、その名で呼ばれることもある。

彼が紗良の指に無理やりはめこんだのは、赤珊瑚の広幅《ひろはば》の指環《ゆびわ》だった。

右記ノ國で身分を持つ姫君《ひめぎみ》はあまり飾り物を身につけず、衣の色を楽しむほうに重きを置く。ただ指先を彩《いろど》る指環はわりと好む。扇《おうぎ》を持つとき、碁《ご》を打つときなどに露出《ろしゅつ》する部分だからだ。

むしろ耳飾りや腕環《うでわ》などの装身具を積極的につけるのは男のほうだろう。

さらにいうなら、山月府《さんげつふ》の里人たちのほうがこうした装身具を多く持つ。単なる飾りではない。たとえば狩人《かりゅうど》は呪具《じゅぐ》としてそれを装着する。

指にぴたりとおさまった指環を見つめ、驚《おどろ》いて固まっていると、多々王の顔がみるみるうちに強張《こわば》る。

「貢物《こうもつ》のなかにあった飾り物だ。こんな小さなものは俺の指に合わない。おまえはただでさえ貧弱ななりをしているんだから、せめてこのくらいは指につけておけよ」

「あっ、あの、ですが、赤珊瑚《あかさんご》は赤鴇の君の好ましいものにどうかと――」

〈あまり喜ばないな。ほしかったんじゃないのか？　それとも質の悪い指環だったのか？　……東宮《とうぐう》のやつ、あとで締《し》め上げよう〉

「⁉」

受け入れがたい衝撃的《しょうげき》な言葉を聞いた気がする。

――東宮？　東宮って、あの東宮様⁉

あのもなにも東宮といえば右記ノ國の皇太子に決まっているのだが、どうにも頭が事実を拒《きょ》否《ひ》する。

恐れ多くも皇位後継者《こうけいしゃ》である高貴な人間を締め上げる？

――ま、待って！　意味がわからない、なんでいきなり東宮様を攻撃《こうげき》したがるの⁉

東宮との関係も問い質《ただ》したいところだが、彼は実際それを口に出したわけではない。紗良が勝手に心の声を拾ったのだ。

「いらないのか？」

〈西藍国《さいらん》からの献物のなかでも一番上等な赤珊瑚だと自信たっぷりにすすめてきたのに……、あいつの言うことはまったくあてにならん〉

──まさかこの指環って、東宮様を通して手に入れた……⁉

紗良は気を失いそうになった。想像を絶する高価な指環が自分の手に輝いている。図京で権勢を誇《ほこ》る家の姫君だってこれほど貴重な装身具は所有していないだろう。

自分には相応《ふさわ》しくないと、さすがに断ろうとしたが、刺々《とげとげ》しい空気をまとう多々王と視線が絡《から》む。責める色が瞳《ひとみ》にあった。

〈なんだ、やっぱり珊瑚がほしいという話は俺を言い包《くる》めるための嘘《うそ》か？　……ばかな真似《まね》をした。こんなもの、東宮に投げ返しにいってやろう。で、ぶちのめす〉

「とっ、とても素敵《すてき》で、言葉になりませ！　身の震《ふる》えがとまりません」

紗良のせいで、多々王が反逆罪により処罰《しょばつ》されかねない。

多々王は紗良の指先を摑《つか》んだまま、探《さぐ》るような視線を寄越《よこ》す。

「へえ、震えるほど嬉《うれ》しいって？」

「これほど驚愕《きょうがく》の……見事な指環を見たのははじめてです」

もったいなさすぎて身につけられない、などとごまかし、厳重にしまっておこう。

そう無難な結論を出したとき、多々王が口角をつり上げて嗜虐《しぎゃく》的な笑《え》みを見せた。

「ふうん。それはよかった。気に入ったんだな？」

「もちろんです」

「じゃあ、外すわけないよな」

「家宝として、大事に保管を」

「喜んで、指につけておくな？」

彼は長い髪を片手で払うと、兎《うさぎ》を狩《か》る猛獣《もうじゅう》のような表情を浮《う》かべて紗良を見据《みす》えた。

〈一度でも外したら、東宮を襲撃《しゅうげき》する〉

「絶対に、なにがあっても外しません！　おまかせください」

そう答える以外になにができるだろうか。

「そうか。素直なのはよいことだ。俺はまどろっこしいのを好まない。嬉しいときは、そういう顔をしろ。わかった？」

「はっ、はい！　泣きたくなるほど光栄です！」

「だろうな」

〈こうした軽い装身具なら逃《に》げるときにも邪魔《じゃま》にならんだろ。もうひとつ、ふたつ、上等な飾り物を持たせてやれば、村に戻《もど》っても厄介者扱《やっかいものあつか》いはされないはずだ。火急時にはそれなりの量の穀物とも交換《こうかん》できる〉

「――」

紗良は、自分が浮かべていた浅はかな愛想《あいそ》笑《わら》いを消した。

――私が村に戻ったときのために？

「しかし、指環ひとつ程度じゃおまえの見窄《みすぼ》らしさは変えられないみたいだな」

〈できれば、この指環は最後まで指にあるといいが――〉

多々王の顔を見つめてから、指環へ視線を動かし、最後に、板敷《いたじ》きに散乱している布の波を眺《なが》める。

「おい、他《ほか》に逸話《いつわ》はないのか？」

くぇ？　と白羽が布の内に丸まりながら紗良を見上げた。

横からむっすりとした顔の由衣王に腕《うで》を引かれる。

「え……逸話ですか？」

「その珊瑚のような」

紗良は何度も目を瞬《また》かせた。表情を取り繕《つくろ》うことさえできなかった。

――気にかけてもらえるような逸話なんて、私にはない。

彼らのために死にに来たわけじゃない。慈《いつく》しんでくれた紗和子たちのためだ。そこにひとかけらも竜《りゅう》を案じる思いなんてなかったのだ。自然と頭が下がった。ひどく胸が苦しい。なぜこんなにも、ないはずの心が締めつけられるのだろう。

「――なんだ、こんなところにこもっていたんですか」

几帳が開かれ、ふいに声をかけられた。小瑠王がこちらを覗《のぞ》きこんでいた。後ろに月時王もいて、手箱を持っている。彼らもまた、「いらないものがあるから処分しろ」と言って、紗良に飾《かざ》り物を見せた。そのどれもがまばゆく輝《かがや》いていた。

美しくて当然だった。これらは、竜の心である。

五章　赤やかなるは、鼓の定約

寅《とら》の刻。竜笛童子の笛が鳴った。

童子というが、吹《ふ》いているのは辰弥庁《たつみちょう》の覡《おかんなぎ》だ。

山月府《さんげつふ》の海域に水鹿神《みかがみ》が出現したという警笛である。


騒《さわ》がしい夜明けとなった。辰弥庁から官吏《かんり》が駆《か》けつけ、寝殿《しんでん》の簀子《すのこ》にて竜たちに請願《せいがん》する。

「畏《かしこ》き竜の四神よ、僕《ぼく》なる草の辰弥大輔《たいふ》広杜《ひろもり》が拝み奉《たてまつ》りてここに奏す。綱《つな》の端《は》に立ちかがみればあやなく刻《こく》もかくるると、伯が星の行方《ゆくえ》を追いました」

——綱の端……それって葛葉《かずらば》の地のこと？

綱《つな》は葛の意だ。確か未《ひつじ》の地に、そういう名を持つ漁村があったはずだった。

要するに辰弥庁の長《おさ》である白長督《しろながのかみ》が占《うらな》った結果、凶《きょう》の卦《け》が見えたので、その地へ降りて怪《かい》を
——水鹿神を討伐《とうばつ》せよと言っている。

彼らは国の護神だ。怪を払《はら》い、都を支える。右記《うき》ノ國《くに》でもっとも厄介な怪が地の海から生じ

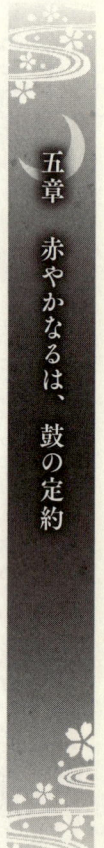

る水鹿神で、これの退治が彼らの重要な役目のひとつでもあった。水鹿神という怪は、月に数度出没《しゅつぼつ》することもあれば、数ヶ月沈黙《ちんもく》を守ることもある。

大輔の広杜は静かな声音《こわね》で問う。

「月天子の帳《とばり》の降りる刻が近づいております。御舟《みぶね》にて天降《あも》られますか？」

辰弥庁では、竜が地上へ下るための輿《こし》を御舟とも呼ぶ。夜明けの刻のため月の加護が遠いから、少しでも穢《けが》れを遠ざけるよう輿に乗るべきではと提案しているのだ。

広杜は、生真面目《きまじめ》な物腰《ものごし》の初老の男である。また冷静沈着《ちんちゃく》で、心の内を容易には顔に出さない。紗良《さら》を見る目にも毒はない。物事のあるがままをその通りに受け入れるような眼差《まなざ》しをしている。

「既《すで》に被害《ひがい》は出ているのか？」

由衣王《ゆいおう》が口早に問う。対して、大輔の広杜はいささかも口調を変えずに答えを返す。

「地鏡《ちかがみ》にては、いまはまだ水面《みなも》を巡《めぐ》っているばかりと」

「陸《おか》には到達《とうたつ》していないか。ならその地で鬼払《おにばら》いの符を用いているのかもしれないが——いや、車はいらぬ。急ぐ」

「仰《おお》せの通りに。天門までの神車《かぐるま》は東中門のほうにご用意しております」

「ああ」

下がる大輔らにうなずき、四竜が中庭へ出ようとする。渡殿《わたどの》を通って迂回《うかい》するより中庭を突《つ》っ切って東中門へ向かったほうが早いからだ。だがふいに彼らは振《ふ》り向き、ずかずかとこちらに歩み寄ってきた。式の女とともに簀子に控《ひか》えていた紗良は驚《おどろ》いた。

いつものように肩《かた》に乗っている白羽《しろば》がちらりと由衣王を見て、毛繕《けづくろ》いを始める。

「俺が不在のあいだは、屋敷《やしき》から出るな」

由衣王が高欄《こうらんご》越しに命じた。小瑠王《こるおう》も横に並び、高欄の上に腕を乗せて微笑《ほほえ》む。

「梨乃《りの》たちといなさい。ちょっとそこまで、暴れてきますね」

「は、はい。勇ましき竜の方に天帝《てんてい》の加護がありますよう。無事のお戻りをここでお祈《いの》りしております」

「おや」と小瑠王が目を見開く。他の竜たちも、急にそわそわし始めた。両手で高欄にしがみついた多々王《たたおう》が、首を傾《かたむ》けて「俺は？」と問う。

「赤鴉《あかつき》の君にも大きな守護がありますように」

「俺は？」と次に笑って尋《たず》ねたのは月時王《つきじおう》だ。

「月鷹《つきたか》の君にも清き護《まも》りがありますように」

月時王の宮を、月鷹宮《つきたかのみや》と呼ぶ。

竜たちは顔を見合わせると、袖《そで》で口元を覆《おお》って嬉しそうにする。

いまから水鹿神退治に行くのだろうに、なぜそんなにほのぼのしているのか。もっと気を引き締《し》めて、祈禱《きとう》なりなんなりすべきではないのか。水鹿神は恐《おそ》ろしい怪だ。弱いものなら人でも討《う》てるが、巨《きょ》の者はあっという間に村ひとつ消滅《しょうめつ》させる。そうなると人の力ではもはやどうにもならず、神々の手が差し伸《の》べられるのをひたすら待つしかない。だがこれまで、願いが届いてすぐさま竜が助けにくるときもあれば、無慈悲《むじひ》に見捨てられるときもあった。

その理由が紗良にはわからなかったが、とにかく今日は救助に向かってもらえるらしい。

葛葉の地の人々が救われることにほっとしたあとで、じわじわと後ろめたさが膨《ふく》れ上がる。戦う竜たちだって当然命懸《いのちが》けなのに、まず地の人々の安全を考えてしまった。

「皆様《みなさま》、無事を願われて大層はしゃがれるお気持ちはわかりますが、助けを待つ人々がいるのですよ。さっさとお行きくださいませ」

梨乃が笑顔《えがお》で辛辣《しんらつ》な発言をした。他の女たちはそっと袖で顔を隠《かく》しているが、どうも笑いを堪《こら》えているようだ。

一方、控えていた官吏の大半は、梨乃の発言が非礼にすぎるというように顔をしかめている。当の四竜の反応はというと、あわあわと視線を泳がせたのちに、いかにも尊き神竜らしく泰然《たいぜん》とした優雅《ゆうが》な雰囲気《ふんいき》を取り戻す。紗良は少しだけ生ぬるい気持ちになった。

きりっとした表情を取り繕っているようだが、心の声を何度も聞いている自分にはわかる。

胸中ではきっと、なにやら不可思議な思いを巡らせているに違《ちが》いない。

「午《うま》の刻までには戻る」と由衣王が凜々《りり》しく告げる。

「お気をつけて」

「うん。では行く」

東中門へ向かう四竜の背に、紗良たちは深々と頭を下げた。

彼らの姿が見えなくなると、式の女たちが一斉《いっせい》に噴《ふ》き出し「竜の方々ったら」と笑い合う。

「紗良様、竜の方々が無事に戻《もど》られたときにも、どうぞ労《いたわ》ってあげてくださいまし」

「可愛《かわい》らしい面もあるのねえ。喜んでいらっしゃったわ」

「地の里人から直接身を案じる言葉をかけられるなんて、はじめてじゃないかしら」

彼女たちの、どこか報《むく》われたような嬉《うれ》しげな顔に、紗良は胸が詰《つ》まった。

地上の里人が天降る竜に近づくことはない。山月府では、竜神は畏怖《いふ》の対象である。気安く近づいては神罰《しんばつ》がくだると思いこんでいる。それに、竜神が現れるのは悪鬼《あっき》や水鹿神の訪《おとず》れのときなので、大抵《たいてい》は別の場所へ避難《ひなん》をしているのだ。

神奴冶古《かめやこ》として召《め》された里人たちだって、彼らを気遣《きづか》えるような精神状態ではなかっただろう。討伐後にはおそらく辰弥庁から感謝の言葉が上がってくるだろうが、どうしたって儀礼《ぎれい》的なものになる。そう考えると、竜たちは不遇《ふぐう》の身といえる。

自分の手にある赤珊瑚《あかさんご》の指環《ゆびわ》を見下ろす。大変口が悪く、いささか行動が極端《きょくたん》すぎるが、優《やさ》しい竜たちだ。人間を小石程度にしか思っていない、とでもいうような冷酷《れいこく》な顔をしながら、心のなかでは正反対のことを思って悩《なや》んでいる。

「紗良様、竜《りゅう》の方々のお戻りまでに、禊《みそぎ》の準備をいたしましょう」

梨乃に誘《さそ》われ、紗良は我《われ》に返った。

「このお役目が一番つらく思われるかもしれませんわ」

「私はなにをすればいいんでしょうか？」

「竜の方々は天《そら》の使いですので、とてもお強い反面、地上の穢れに弱くていらっしゃるの。水鹿神はたっぷりと穢れを帯びているものだから、対峙《たいじ》すればそれが身に移ってしまうのです。あまりに多くの穢れを浴びると、転化がかなわなくなります」

「転化……？」

「彼らの本性《ほんしょう》は竜です。人の身に変化《へんげ》できなくなるのです。また、竜の身を覆う穢れは、見過ごせば石化して悪神に変じてしまいます。その前に、清めて差し上げるの」

「はい」

「蓬萊樹《ほうらいじゅ》の葉を保管されているでしょう？　それを水にひたし、絹の手巾《しゅきん》で磨《みが》くのです」

「手巾で？　こするだけで穢れが落ちるんですか？」

「竜の身体《からだ》を直接磨くわけではないのですよ。さすがにそれは人の身には耐《た》えられません。ですので、大鏡に映した姿のほうを磨くのです」

鏡に映った姿を？　どういう作業なのかうまく飲みこめず、紗良は戸惑《とまど》った。

「私たちも多少ならお手伝いができますが……式の身ゆえ、一度でも穢れを浴びてしまうと払い落とせないのです」

梨乃は寂《さび》しげに言った。払い落とせない、ということは、まさか儚《はかな》く散ってしまうのか。

紗良は飛び上がり、両手を振った。

「大丈夫《だいじょうぶ》、きっとお役目を果たしますから」

式たちが、うふふと笑う。

「大鏡の宮へ行きましょう。そちらで詳《くわ》しくお教えしますね」

「ありがとうございます」

式たちと北の対へ向かう。そこから渡殿を進み、奥まった場所にある入母屋破風《いりもやはふ》の大社へ足を向ける。こちらは通行を阻止《そし》するように入り口前の柱に縄《なわ》が取りつけられているため、紗良は一度も立ち寄ったことがない。

梨乃が階《きざはし》を上がって左右の柱に渡されている縄を外し、紗良を手招きする。彼女に続いて社に入る。不思議なことに、正面側は開け放し状態でありながら外界の光を一切《いっさい》通さない。外陣《がいじん》に立っても目に映るのは薄闇《うすやみ》のみで、やはり内装をうかがうことはできなかった。

先に内陣に入った梨乃が、四隅《よすみ》の高燈台《たかとうだい》に火をつける。

それでようやく内部の様子が見て取れたのだが、紗良は言葉を失った。

左手側には紫《むらさき》の絹を敷《し》いた横長の祭壇《さいだん》があり、榊立《さかきた》て、盥《たらい》、手巾、櫛《くし》などが整然と並べられている。そして奥の壁《かべ》に、屋根まで届くほど大きな金色の円鏡が鎮座《ちんざ》していた。おそるおそる近づいて、さらに驚く。鏡になにも映らない。

「竜の姿しか映さぬ鏡です」

こちらに歩み寄ってきた梨乃が、神霊《しんれい》に配慮《はいりょ》するように声を潜《ひそ》めて説明する。

「竜の身についた穢《けが》れに、直接触《ふ》れてはなりません。また、竜のお姿を直接見てもいけません。彼らは人に本性を見られることを厭《いと》います。鏡に竜のお姿を映すのです。鏡へと移した穢れを手巾で拭《ぬぐ》います。もし穢れの石化が始まっているようでしたら、急いで櫛で削《けず》り落としてください。……穢れの塊《かたまり》が板敷《いたじ》きに落ちた場合は、薙刀《なぎなた》で必ず斬《き》り伏《ふ》せてくださいね。社の外に出してはいけません」

紗良は息を呑《の》んだ。毎日行われる湯浴《ゆあ》み作業に近しいものだろうと想像していたのだが、これは違う。儀式だ。

「梨乃さん、禊の方法はわかりましたが……竜のお姿は大きいのですよね？　お一人でしたら、社に入るでしょうが、四竜の方々全員となると、無理じゃないですか？」

梨乃は困ったように目を伏せた。

「ええ、おっしゃる通りです。この社は当然、宮の主人たる宵霧《よいぎり》の君のものです。他《ほか》の方々にも、お宮に社が設けられていますよ。ですけど、皆様はご自身のお宮にはめったに足を運ぼうとされなくて。そちらのお宮はどこも封鎖《ふうさ》している状態ですので、穢れが蔓延《はびこ》る心配はないのですが……」

そうだった、彼らは一箇所《いっかしょ》に集まったほうが、召さねばならぬ冶古の数を減らせると考えているのだ。

「同時には社を使えませんので、竜の方々は戦法を選んでおります。お一人が穢れをまとう覚《かく》悟《ご》で怪《かい》を弱らせ、残りの方々がしとめる。そうすれば、先に禊が必要となるのはお一人で、あとの方々にはお待ちいただける。いまは皆様、こちらのお宮ですごされていますから、主《あるじ》の宵霧の君が先陣《せんじん》を切るでしょう。竜の方々はそうして、年毎《ごと》にお宮を移られています。お一人のみに穢れが溜《た》まりすぎぬように」

「季節毎にではなくてですか？」

「季節毎に移るのは、お宮のなかの里ですね。巡《めぐ》ることで、天都《てんと》の方陣《ほうじん》の強化になりますから」

方陣を弱らせずに冶古を減らす手段として、移動を行っているのだろう。

「もちろん、それでも同時の禊が必要になれば、他のお宮へ移っていただき、私たちが禊のお手伝いをいたします」

梨乃の顔を凝視《ぎょうし》する。ひょっとすると過去にもそんな例があったのかもしれない。

そのたび穢れに侵食《しんしょく》されて、散った式の女がいるのではないか。

「私たちは式にすぎませんので、人の死のように重く考えることはありませんよ」

宥《なだ》めるように梨乃は笑う。人と式、なにが違うのか。命とはなんだろう。

「――私、鏡磨きは得意です。十でも百でも竜の方々を磨き上げる自信がありますから」

「まあ。そんなに竜の方はおりませんわ」

梨乃が嬉しそうに笑う。

「では、盥に水を汲《く》みましょうか」


簡単に内陣の清掃《せいそう》をすませたのち、盥に水を張り、そこに蓬萊樹の葉を浮《う》かべておく。もともと式の女たちが日を決めて社を清めていたというので、特別埃《ほこり》もたまっていない。

「あとはこちらに着《き》替《が》えを用意して。母屋《おもや》のほうにもお酒と食べ物を準備しなきゃ。強飯《こわいい》と鳥の羹《あつもの》、鮎《あゆ》、蒸《む》し物はどうしようかしら……」

悩み始める梨乃とともに北の対へ戻る。

「それじゃあ、私が母屋にお酒を運んでおきます」

「あら、紗良様は竜の方々が戻られるまでしっかり休まれていたほうがいいわ」

「お酒を運び終えたら、休ませてもらいますから」

笑顔《えがお》で請《う》け負ったのち、厨《くりや》から瓶子《へいじ》を持ち出して母屋へと運ぶ。梨乃はそのまま厨に残った。

紗良はふと思いつき、西の対から小路へ出た。こちらを進むと蓬木《よもぎ》ヶ《が》池《いけ》にたどり着く。

紗良がこのあいだ持ち帰った枝は一本のみだ。実は既《すで》に四竜の腹のなかだし、枝は北の対に保管されている。そして葉は先ほど大社の盥に浮かべた。が、あれだけでは足りないんじゃないだろうか。そこで、禊中に困らないよう葉だけでも取りに行こうと考えたのだ。

蓬木ヶ池が見えてきたあたりで紗良は少し冷静になった。お宮の主人である由衣王の許可も得ず、独断で蓬萊樹の葉を毟《むし》り取っていいわけがない。だいたい薙刀も大社に置いてきている。普段《ふだん》は、西の対に与《あた》えられた部屋の長押《なげし》の上にかけている。こちらへ来た当初は雑舎のほうに身を置くことになると思っていたが、予想に反して女房《にょうぼう》の役を担《にな》う梨乃たちと同じような待遇《たいぐう》だ。無位の自分には身分不相応に感じられるが、それを梨乃らに訴《うった》えても笑顔で無視される。とにかく、刀も忘れてきたし許可も得ていなければ呪符《じゅふ》もない。蓬木ヶ池に行っても無意味だ。

──と、わかっていても未練が……。

たとえば枝から離《はな》れた葉が浮き上がってきたりしないだろうか。

諦《あきら》められず池のまわりを歩いていると、木々に囲まれた場所に緑屋根の倉を発見した。

由衣王と来たときには気づかなかったし、その後こちらへ足を運ぶ機会もなかったので、こんなところに倉が、と少し驚《おどろ》く。紗良は冶古《やこ》として召《め》し抱《かか》えられてからまだ日が浅い。なにか用事でも言いつけられない限り、積極的に桔梗《ききょう》の里の外へは出ない。

神具の類《たぐ》いを納めているのだろうか。興味を覚えてそちらへ足を向ける。すると社の戸が内側から開かれた。紗良は足をとめ、目を凝《こ》らした。

――あれは……辰弥庁の方？

白羽を求めた太史の沖貞《おきさだ》に入れ知恵《ちえ》をしていた巫《かんなぎ》ではないか。その彼女がなにかを抱えて倉から出てくる。紗良は怪《あや》しんだ。彼女は今日、大輔《たいふ》の広杜に随行《ずいこう》してこちらを訪《おとず》れている。天門へ急ぐ竜《りゅう》とともに彼ら官吏《かんり》もお宮を出たものとばかり思っていた。

「巫女《みこ》様でございますか？　こちらでいったいなにをされて……？」

巫は戸の前でごそごそしている。集中しているのか、紗良が背後に立っても気がつかない。声をかけると、ようやく肩《かた》を震《ふる》わせて振《ふ》り向く。

悪鬼《あっき》でも見るような引きつった顔で凝視され、紗良は少し引いた。巫のほうも慌《あわ》てた様子で巻物を抱え直す。その拍子《ひょうし》に腕《うで》からぽろりと一巻、転がり落ちた。紗良は目を点にした。

「この巻物は？」

拾おうとしたとき、視界の端《はし》に倉の入り口が映った。戸に、壊《こわ》れた海老錠《えびじょう》がひっかかっている。いや、壊されている？

紗良は巻物を拾うのをやめ、真正面から巫と見つめ合った。その瞬間《しゅんかん》、はっきりと理解する。巫は竜が不在のときを狙《ねら》って、倉から巻物を盗《ぬす》み出そうとしていたのだ。

こちらが声を上げるより早く巫は動いた。抱えていた巻物をどんっと紗良の手に押しつける。反射的にそれを受け取った直後、彼女は乱暴に戸を開けて内部へと紗良を力一杯《ちからいっぱい》突き飛ばした。

紗良は抵抗《ていこう》できずつんのめり、倉のなかに転がった。肩《かた》や足に硬い物がぶつかり、その痛みで呻《うめ》き声が漏《も》れる。戸がすばやく閉められた。がたがたと音がする。

巫が外側から突っ支《か》い棒をしているのだと気づく。閉じこめられたのだ。

「巫女様!? 開けてください！」

紗良は巻物を床《ゆか》に起き、戸に飛びついた。

「……おまえのせいで、沖貞様に歯が折れるくらい殴《なぐ》られたわ」

戸の向こうから、巫が恨《うら》めしげな声を聞かせた。

「隠《かく》してもわかる。あの白鳥《しろがらす》はまことの瑞鳥《ずいちょう》なんでしょう？ なぜおまえのような卑《いや》しい草に天《そら》の獣《けもの》が懐《なつ》いているの？」

「なんのお話ですか？ 私にはわかりません。どうか巫女様、ここを開けてください」

相手の怒《いか》りを煽《あお》らぬよう弱々しい声を作って訴えながらも、紗良は急いで頭を働かせる。

どうやら白羽の件で太史の沖貞から暴力的な八つ当たりをされたらしい。それをこちらのせいだと責めるなんて呆《あき》れてしまうが、相手の存在を自分の立場よりも上か、下かという目でしか見ない手合いに冷静な会話を望んでも無駄《むだ》だろう。どんなに正当な主張をしようと聞き届けてはもらえない。そもそも格下の者が少しでも抗《あらが》おうとすること自体、癪《しゃく》に障《さわ》るのだ。

「どこかであの瑞鳥を見た覚えがあるのよ。絵巻物だったと思うわ。でも辰弥庁の文殿《ふどの》では見当たらなかったし、まさか内裏《だいり》のほうに忍《しの》びこむわけにもいかないし……。そういえば前に式の女が古い巻物や調度類をここにしまっていたと思い出したのよ」

それで倉の戸をこじ開け、巻物を漁《あさ》っていたようだ。もともと蓬木ヶ池の周囲は竜の聖域として見られているので、普段から人が近づかない。誰《だれ》にも見つかる心配はないだろうと慢心《まんしん》していたら運悪く紗良と遭遇《そうぐう》した、といったあたりか。

「巫女様、私にはあの子がどんな鳥なのか、本当にわからないのです。竜のお宮に降りた鳥だからお世話をさせてもらっているだけです。もしもお望みでしたら、こちらの式の女房たちにお渡《わた》ししていいのか、うかがってみます」

あくまでも飼い主は竜である、と匂《にお》わせながら、否定が返ってくるのを承知で協力的な態度を取る。案の定、巫は戸の外で慌てた。

「余計な真似《まね》をしないでちょうだい！　おまえなどになにもわかるものか！」

「でしたら、この一件は胸の奥におさめて決して思い出しません」

秘密にする、と言外に伝えると、一瞬巫は押し黙《だま》った。どうすれば不利益を免《まぬか》れることができるか思案しているようだ。

「私は竜の方が戻《もど》られる前にお社に行かないとなりません。どうか巫女様」

神奴冶古《かめやこ》としての務めを果たせない。紗良が行方《ゆくえ》知れずとわかれば式の女たちが騒《さわ》ぐだろう。そうなれば芋《いも》づる式に巫の倉荒《あ》らしの件も明るみに出る。頬《ほお》を打たれる程度の体罰《たいばつ》ではすまなくなるはずだ。宮での窃盗《せっとう》は、竜神への愚弄《ぐろう》に等しい。

発覚を恐《おそ》れてこちらの案を飲んでくれたらいいのだけれど。

紗良は息を潜《ひそ》めながら巫の反応を待った。

「……おまえは愚《おろ》かしくも、務めが怖《こわ》くなって、逃《に》げ出したのよ」

「巫女様？」

「そうよ。逃げる前に高価な品を盗み出そうといやらしい策を講じて、目についた倉に忍びこんだの。そうしたら戸に突っ支い棒が引っかかって間抜《まぬ》けにも出られなくなったのよ」

「待ってください、そんなばかげた話を、誰も信じるはずが――！」

思わず反論しかけたが、その途中《とちゅう》で紗良は口を閉《と》ざし、身を強張《こわば》らせる。信じる。多くの者は、嘘《うそ》だとわかった上で、巫の話を真実とするだろう。

とくに太史の沖貞などは虚言《きょげん》だという確かな証拠《しょうこ》がない限り、巻き添《ぞ》えを食うのを恐れて巫の主張を支持する。その光景が容易に想像できる。

紗良の無実を信じてくれる者はいるだろうか。竜たちや梨乃の顔が浮かんだが、紗良は彼らに縋《すが》りたくなる気持ちをすぐさま封《ふう》じこんだ。心から竜に忠誠を誓《ちか》っているわけじゃない自分がなぜ都合よく助けを求められるだろう。

「浅慮《せんりょ》な冶古がしでかしそうなことだわ。そうだ、ついでに道理を知らぬおまえはあの鳥も、逃亡《とうぼう》の途中で腹の足しにしようなどと考えて、殺してしまうのかもしれないわね」

「巫女様‼」

紗良に咎《とが》を被《かぶ》せて掠《かす》め取る気でいる。白羽はいま、手の空いている式に預けて食事をさせているが、もしもこの巫が適当に話を捏造《ねつぞう》して取り上げたら。

「せいぜいそこで反省しなさい。おまえたち冶古がだらしなく息絶えて使い物にならなくなるから、私たちまでが下人の仕事を押しつけられてしまうのよ。もとを正せばやはりおまえたちが悪い」

巫は自分に言い聞かせるようにつぶやく。

本気でそんな歪《ゆが》んだ理屈《りくつ》を信じているわけじゃないはずだ。──いや、もしかすると本当に信じこんでいるのかもしれない。太史もやはり似たような不満を抱えていたから。

巫が戸のそばを離れる気配を感じた。

「待って、巫女様！　開けてください!!」

戸を叩《たた》き、大声を上げたが、巫は耳を貸すことなく遠ざかっていった。まあ開けてはくれないだろうな、と紗良も内心諦めていたが。

気持ちを落ち着かせるために深呼吸し、それから周囲を見まわす。

朝の刻とはいえ、土壁《つちかべ》の倉のなかは墨《すみ》を塗《ぬ》ったように真っ暗だ。表に桔梗紋《ききょうもん》を散らした丈夫《じょうぶ》な格子戸《こうしど》は、少しの光も通さない。手探《てさぐ》りで倉のなかがどうなっているのか確かめる。突き飛ばされたときに一瞬外界の光が入り、内部が見えた。左右に低い木棚《きだな》があり、そこに手箱や巻物などが置かれていたような気がする。奥側にはなにがあっただろうか。

前方に手を伸《の》ばして慎重《しんちょう》に進む。指先になにかが触《ふ》れた。

その瞬間、ドォンと太鼓《たいこ》が鳴り響《ひび》く。予想しえぬ音の大きさに紗良はおののき、両耳を塞《ふさ》いだ。しばらく硬直《こうちょく》していたが、太鼓らしき音が鳴り響いたのはその一度きりだった。

紗良はなにかに化かされたような心地《ここち》になった。いまのはなに？　ほんのちょっと触れただけでああも大きな音が出るものだろうか。少し恐ろしくなり、戸のほうへ戻ることにした。余計なものには触《さわ》らないほうがいいみたいだ。

「……海女《あま》だったんだもの。脚力《きゃくりょく》には自信があるわ。ものを壊す才能にも溢《あふ》れているんだから」

人生に無駄はない。数々の織り機を壊してきた、という情けない過去さえ、時には貴重な体験であったと振り返ることができるのだ。

もしも紗和子たちに再会できる日が来たら——それは浄土《じょうど》でも黄泉《よみ》でもかまわないのだけど——倉の戸を破壊《はかい》して脱出《だっしゅつ》を果たしたという冒険譚《ぼうけんたん》を聞かせ、胸を張ろうと思う。


脱出に成功したのは、一刻がすぎたあたりか。

戸は破壊できなかったが、何度も蹴《け》ったり叩いたりして衝撃《しょうげき》を与《あた》えるうちに、突っ支い棒が外れたのだ。振動《しんどう》で少しずつずれたのだろう。

紗良は両手で扉《とびら》を押し開け、外へ飛び出した。真っ暗な場所から明るい空の下に出たせいで、一瞬目が眩《くら》み、よろめく。ああ、早くお社に行かないと——そう思って瞼《まぶた》を押さえたまま走り出そうとした紗良に、なにかがぶつかった。柔《やわ》らかな生地《きじ》の下にある硬《かた》い身体《からだ》を感じた。

紗良は慌《あわ》てて瞼をこじ開けた。朽《く》ち葉色の髪《かみ》の竜《りゅう》、月時王が、焦《あせ》った顔をして紗良の身を受けとめていた。彼の動きに合わせて、孔雀《くじゃく》の羽と宝玉の耳飾《みみかざ》りが小さく揺《ゆ》れていた。魅力《みりょく》溢れる高貴な姿に見惚《みほ》れかけたが、はっと気づく。地上へ向かっていたはずの彼がなぜここに？

——もう討伐《とうばつ》を終えた竜たちが帰還《きかん》したのか。

「月鷹の君、皆様《みなさま》はお宮に——」

「おまえ、なぜこんな場所にいた」

問いかけを遮《さえぎ》られ、紗良は喉《のど》を締《し》め上げられたかのような気分になった。なんて答えたらい い？ 正直に？ それで、本当に信じてもらえる？

彼の金色の瞳《ひとみ》がすばやく紗良の全身を観察する。両手を見て、わずかに眉《まゆ》をひそめる。戸を壊《こわ》そうと奮闘《ふんとう》していたため、両手に引っかき傷がいくつもできていた。

「話はあとで聞く。いまは社に急ぐ」

彼はそう言うと、紗良の腕《うで》を強引《ごういん》に引っぱった。だがすぐに足をとめ、思い直したように紗良の身を担《かつ》ぎ上げる。自分が運ぶほうが早いと判断したらしい。しかし担がれるほうはたまったものではない。慌てて下りようとする紗良の耳に、月時王は緊張《きんちょう》のまじる声を落とした。

「水鹿神《みかがみ》は討伐した。そこまでの大物ではなかったからな。だが由衣が穢《けが》れを浴びて転化できずにいる。おまえがいないと知って、ひどく気が荒《あら》びている。早く行かねば、社から飛び出してしまう」


月時王に担いで運ばれたのち、そこでおろおろしていた式の女たちの手によって紗良は「早く、早く」と大社のなかへ柔らかく押しこまれた。

清掃《せいそう》時につけていたはずの高燈台《たかとうだい》の明かりが消えていることにぞくっとする。

このお社はどういう術が働いているのか、明かりをつけた状態でさえも外からは内陣《ないじん》の様子がわからない。

紗良は一段低くなっている外陣の端《はし》に立ち尽《つ》くした。外陣と内陣のあいだに仕切りはない。

薄闇《うすやみ》に覆《おお》われている奥から嵐《あらし》のときに聞こえるような風の唸《うな》り声が響いてきた。

その不気味な低い音が、生き物の呼吸であるとはすぐに気づけなかった。なにかとても重いものが潜んでいる。

高燈台は内陣の四《よ》隅《すみ》に置かれている。まずはそれをつけようと足を踏《ふ》み出した瞬間《しゅんかん》、ドン！と重量のあるなにかが板敷《いたじ》きに打ちつけられ、社全体が震《ふる》えた。紗良も飛び上がりそうになった。全身を冷気が包む。なにかが……巨軀《きょく》の者がそこにいる。目を凝《こ》らすと、黒々とした小山のような輪郭《りんかく》がぼんやりと見て取れた。すると紗良の視線に気づいたのか、それはずるりと緩《かん》慢《まん》に動いた。太く長いものがくるりと輪を描《えが》くようにしてうずくまっているとわかった。

どうやら先ほどの音は、尾《お》を振《ふ》り下ろしたときのものらしかった。

——竜だわ。

理解した途端《とたん》、紗良はこれまでにない強烈《きょうれつ》な畏怖《いふ》の念に打たれ、その場に座りこみそうになった。恐《おそ》ろしく大きい。伸び上がれば、社の屋根をも突《つ》き破るだろう。

昔、巻物に描かれていた竜を見たことがある。体軀《たいく》は蛇《へび》に似ていて、怪鳥《かいちょう》のような太い手足があり、角と長い髭《ひげ》を持つ。本当にその通りの姿であるらしい。

竜がふたたび尾の先を板敷きに打ちつけた。紗良は、ひっと肩《かた》をすくめた。荒い息から激しい怒《いか》りが伝わってきた。

しばらくぶるぶると身を震わせていたが、竜の息に少しずつ苦しげな感が滲《にじ》み出しているのに気づき、焦りを抱《いだ》く。

——そうだ、穢れを浴びて転化できないって月鷹の君が言っていた!

この大きな竜は由衣王だ。わかっていたはずなのに、いまのいままであの端整《たんせい》な彼と結びつけられずにいた。ゆえなき美貌《びぼう》と醜《みにく》さ、その両方を持つと、かつての搊帝《ろうてい》に評された竜。しかし巻物に描かれていた竜は、それはもちろん、恐ろしくあったが決して醜悪《しゅうあく》ではなかった。

なのになぜ醜いという話が広がり、嫌悪《けんお》されたのか。

怖々《こわごわ》と一歩踏み出せば、竜はまた威嚇《いかく》するように長い尾を板敷きに打ちつける。近寄るな、と警戒《けいかい》しているようでもあった。

「よ、宵霧の君でいらっしゃいますね？」

荒い息が返ってくる。竜の姿だと人の言葉を話せないのかもしれない。

じゃあその肌《はだ》に触《ふ》れたら、心がわかるだろうか——。

他者の心を無断で暴《あば》くなど、もっともいやらしい行為《こうい》だとよくわかっている。だがいまだけは、この竜の心を知りたかった。知らなくてはいけない気がした。

何度威嚇されても諦《あきら》めずに、時間をかけて慎重《しんちょう》に近づく。そっと手を伸《の》ばす。

硬いものに触れた。竜の胴体《どうたい》だ。ぬくもりを持った滑《なめ》らかな岩肌《いわはだ》のような感触《かんしょく》だった。狂《くる》おしいくらいの怒りが指先からどっとなだれこんでくる。

〈逃《に》げた。この女はやはり逃げたのだ。誰《だれ》もかれも変わらぬ、身を穢してまで救ってやっても一人残らず去っていく。よくも逃げた！　そのくせ逃げ切れずに連れ戻《もど》されたのか、ああ嫌《いや》だ、化け物だと泣かれながら身を洗われる。これほど屈辱《くつじょく》的なことがあるのか！〉

紗良は、ぎゅっと目を瞑《つぶ》った。誤解させ、ひどく苦しませてしまった。

そうではないのだ、立ち去る気なんてちっともなかった……。

「——竜の方、あなたの冶古《やこ》でありながら、こちらでお帰りをお待ちできず申し訳ありませんでした。蓬萊樹《ほうらいじゅ》の葉が足りないかもと思ったのです。念のために予備を用意したほうが、という浅い考えに取り憑《つ》かれ、池のほうへ向かっていたのです。どうかお許しください」

疑う気配を感じる。信じまいとする荒《すさ》んだ意志も。

「よく戻ってきてくださいました。私も地の生まれの者、天の方が里人を見捨てずにいてくださることが、どれほど救いになるでしょうか。伏《ふ》して感謝をお伝え申し上げます。ありがとうございます、優《やさ》しい竜の方。地を助けてくれてありがとう」

〈わからぬ、保身の嘘《うそ》か、そうでないのか。嚙《か》み殺されたくないから媚《こび》を売り、機嫌《きげん》を取るのか。人の思いなど、わかるものか〉

頑《かたく》なに疑い続ける由衣王の心が寂《さび》しい。彼の孤独《こどく》を垣間見《かいまみ》たような気がする。

岩肌めいた胴体に両手を押し当てて寄り添《そ》うと、わずかに竜の息が落ち着いた。

紗良は思わず微笑《ほほえ》んだ。もう恐ろしくはなかった。

「本当に大きくていらっしゃるのですね！　それに鱗《うろこ》があたたかくていらっしゃる。さあ、そろそろ明かりをつけさせてください。お顔をしっかり拝見しないと私は安心できないのです」

竜の身に強い警戒が走る。明かりを嫌がっている。

〈醜さを知られる。いや、それでもまた偽《いつわ》りの感謝を口にするだろう、どうせ心は知られぬからと高をくくり。どんなに怯《おび》えていようとも――〉

「竜の君」

紗良は、この竜に本心を告げることに決めた。

疑いを解こうとしないのは、紗良が誠実でないからだ。賢《かしこ》い竜はそれに気づいている。

「私はなにがあっても冶古のお役目を放棄《ほうき》いたしません。竜の君もご存じである通り、私は姉《し》妹《まい》のように育った里人の代わりに、こちらへ召《め》していただきました」

竜が怒りのような、困惑《こんわく》しているような重い息を吐《は》き出す。少し身じろぎしただけで、紗良は弾《はじ》き飛ばされそうになる。踏み潰《つぶ》す恐れがあると思ったのか、竜は動くのをやめた。

「あの村に、私は心を残らず置いてきたのです」

竜の思念がふいに、凍《こお》ったような気がした。声が伝わってこない。

「いまの私は空っぽなのかもしれません。きっと不義理であることでしょう。ですが実のない空箱でも、あとひとつ残っているものがあります。その空箱……卑《いや》しいこの身です。お許しいただけるのでしたら、私は竜の君のために死にたいのです。あなたのために死ねたら、望むものはもうなにもありません」

新たな冶古選定の日をできる限り遠ざけるため、少しでも長く生きねばと思う。

それでもいつか終わりはくる。そのときは、気高くも傷つきやすい竜のために、眠《ねむ》りたい。

紗良は自然に、そう思った。

そよ、となにかが紗良の頬《ほお》にあたる。すべらかであたたかく、柔らかいのに芯《しん》がある。自分の二の腕《うで》より太い。不思議に思って、両手で感触を確かめる。

「これはなんでしょうか？　太い筒《つつ》……のような？　竹に似ているような……。引っぱっても取れない……あっ、髭ですね？」

あやうく力任せに引っこ抜《ぬ》くところだった。太い髭を上へと辿《たど》るようにして触れていき、背《せ》伸《の》びをする。空気がかすかに動いた。硬《かた》くてちくちくしたものに指先が触れる。竜《りゅう》が顔を近づけてくれたようだ。いま触《さわ》っているのは、口のあたりらしい。

「竜の君、御身《おんみ》を清めましょう。あなたが醜くても美しくても、私はここにおります」

少しして、竜の心の声がふたたび密《ひそ》やかに届く。

〈――俺は天の竜。不義理もなにも、冶古の心などほしがるものか。思い上がるな〉

紗良は、はい、と胸の内で寂しく答える。

〈だが、そこまで願うのなら、あと少しそばに置いてやる〉

紗良は微笑んだ。なんだか強がっているような声に聞こえた。それが可愛《かわい》らしくも切ない。

梨乃の説明では、直接竜の姿を目にしてはいけないのだという。

紗良はその忠告を思い出し、明かりをつけたのちは下を見ながら祭壇《さいだん》へ歩いた。

手巾《しゅきん》を盥《たらい》の水に浸《ひた》し、薙刀《なぎなた》も持って、大鏡の前に移動する。竜の身に付着した穢れに直接触れてもいけないと言われている。しかし先ほどよく見えないのをいいことに髭や体軀に触れてしまったが、大丈夫《だいじょうぶ》だろうか。

鏡越《ご》しに、竜を見る。

なぜ醜いと評価されたのか、その理由がなんとなくわかった。

黒竜だったからだ。醜い、というよりは全身の黒さが闇《やみ》や穢《けが》れを連想させ、不吉《ふきつ》と判断されたのかもしれない。

形《なり》は、想像した通り、というより巻物に描かれていた通りだった。

——醜くなんてないわ。

紗良は鏡に向かってにっこりした。

多少はとんでもなく怪奇《かいき》的な姿形であったらどうしようかと心配していたのでほっとする。それでとっさに嫌悪してしまうかもといった理由ではない。知らず顔を強張《こわば》らせてしまい、竜を落ちこませるのではと、そちらのほうが気がかりだったのだ。

黒竜は、紗良の視線に耐《た》えるように目を閉じてじっとしている。しげしげと見つめるうち、鏡面に変化が現れた。ぼこっと黒い染《し》みのようなものが飛び出てきたのだ。

きっとこれを拭《ふ》き取るのだろう。そう納得《なっとく》し、作業を始める。頑固《がんこ》な汚《よご》れと同じで、しっかりこすらないと取れない。硬く盛り上がったところは櫛《くし》で削《けず》る。大鏡は紗良の背丈《せたけ》よりずっと高いので、上部に飛び出てきた穢れは踏み板や梯子《はしご》を使う。

思いがけず重労働だった。鏡面の穢れは、竜が動きすぎるとすうっと消えてしまうのだ。また出現するまで待つ他《ほか》ない。

動いてはいけないと竜自身わかっているようなのだが、どうやら鏡越しであってもこすられると大層くすぐったいらしい。最初は宥《なだ》めるように「もう少しですのでどうか我慢《がまん》なさってくださいね」と優しく励《はげ》ましていたのだが、梯子使用時に動かれるということが何度も続けばとても甘い顔なんかできなくなる。

「もう！　動かないでくださいましって、お願いしたでしょ！」

竜のほうも、はじめは紗良が怯えていないかと緊張《きんちょう》した態度で反応をうかがっていたくせに、気がつけば、鏡越しにふてぶてしい視線を送ってくるようになっている。

「ですから、私に近づいてはいけません！　この、お髭《ひげ》が邪魔《じゃま》です‼　引っこ抜きますよ！　……袖《そで》を噛まないでくださいったら、あー！　また穢れが消えた‼」

紗良は大声で叫《さけ》んだ。はっきり言って、どつきたい。

「いい加減になさってください。あんまりうるさいと、お身体《からだ》を縛《しば》りますよ‼」

腹が立ったのか、髭でびしりと背を叩《たた》かれる。その衝撃《しょうげき》で身がふらついた。

――この方、面倒《めんどう》くさい‼

こちらは遊んでいるわけではないのだ。なのにさっきからちょっかいをかけてくる。髭の先でこしょこしょと首の後ろをつついたり、腕に絡《から》ませてきたり。子どもだろうか？

「なんて聞き分けのない方なんです⁉　あとで皆様《みなさま》に叱《しか》ってもらいますからね！」

二度、叩かれた。


転化できるほど穢れを除去できたのは、数刻がすぎた頃《ころ》か。

着替《きが》えまできっちりさせたのち、紗良は疲労困憊《ひろうこんぱい》のていで社を出た。悪戯《いたずら》を控《ひか》えぬあまのじゃくな竜にずっと叫び続けていたせいで、喉《のど》ががらがらになっている。

よろめきながら階《きざはし》を降りて、ふと視線を上げれば、なぜか他の竜たちや式の女たちがその場に伏していた。なかには、こちらの様子が気になって駆《か》けつけたらしき白長督の姿もあった。

唯一《ゆいいつ》、大輔《たいふ》の広杜だけが涼《すず》しい顔で立っている。

まさかここで襲撃《しゅうげき》でもあったのかと慌《あわ》てて近づけば、とんでもない。皆《みな》、倒《たお》れているのではなく笑い悶《もだ》えているのだった。

ぽかんとする紗良に、大輔の広杜が言う。

「恙《つつが》なく……、恙なくお役目を果たしたようだ」

ぶふっと誰《だれ》かが噴《ふ》き出した。

「縄《なわ》で縛りたいー、髭引っこ抜くー、とか……」

紗良の声音《こわね》をぼそりと真似《まね》する者までいた。いまのは多々王だ。

紗良は真っ赤になった。自分の声が外まで響《ひび》いていたのか。思い返せばずいぶん無礼な発言を連発していた気がする。

遅《おく》れて、由衣王も社から出てきた。いつもの彼のように冷淡《れいたん》な態度だったが、笑い転げている人々を眺《なが》めまわして唖然《あぜん》とする。

「よかったですわ、宵霧の君。大層楽しく甘えられたようで……、いえ、無事に禊《みそぎ》をすまされましたこと、心よりお喜び申し上げます」

梨乃が目尻《めじり》に浮《う》かんだ笑いの涙《なみだ》を拭《ぬぐ》いながら言った。

なにやら自覚があるのだろう、由衣王は赤い顔をして皆を睨《にら》みつける。その様子を見た者たちが、また噴き出す。

「おまえたちは、暇《ひま》なのか？　散れ」

由衣王は横を向くと、羞恥《しゅうち》をごまかすように思い切り舌打ちした。

ようやく顔を上げた白長督が、彼に向かって慇懃《いんぎん》に礼をした。

「楽しまれたようでなによりですが、こうも時間がかかっては冶古《やこ》の負担となりましょう。やれ、私が叱る役を引き受けねばなりませぬか」

そこでついに、ふっと大輔の広杜までもが笑いをこぼした。

由衣王はとうとう袖で顔全体を隠《かく》した。

六章 煌やかなるは、緋の花宴

禊後、直接竜に触《ふ》れてしまったことが原因か、紗良《さら》はしばらく熱を出した。他の三竜に関しては大社での禊が必要なほど穢れていなかったので、休ませてもらうことにした。

泡《あわ》を食ったのは由衣王《ゆいおう》で、わざわざ白長督《しろながのかみ》を引っぱり出して加持祈禱《かじきとう》をさせ、陰陽師《おんみょうじ》まで呼ぼうとする。最後には梨乃《りの》らに騒《さわ》ぎすぎだと叱られていた。

やはり穢れの影響《えいきょう》か、竜たちの心の声がまったく聞こえなくなった。安堵《あんど》とほのかな寂《さび》しさが入り交じり複雑な気持ちになったが、これでいいのだろう。

――心の声が届かなくなったのは、単に以前竜たちが飲ませた涙の効力が失《う》せたせいなのだが、そのことを紗良は知らない。

倉に閉じこめられた件だが、梨乃たちはなにが起きたかだいたい勘《かん》づいているようだった。

白羽《しろば》は無事だ。紗良が倉で奮闘《ふんとう》している最中に、巫《かんなぎ》が式たちに詰《つ》め寄ったらしいが、皆、白羽を奥の部屋に隠し、ごまかしたのだという。そのようなわけで、白羽は相変わらず、くぇーとのどかに鳴きながら紗良の肩《かた》にくっついている。

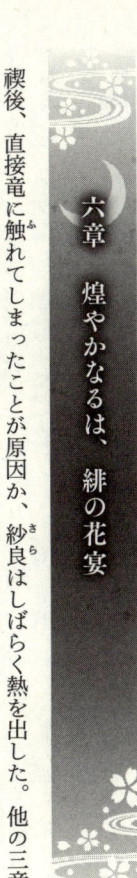

「紗良。紗良、どこに？」

呼ぶ声に、紗良は慌てて立ち上がる。西の対の部屋でともに絵巻物を眺めていた式の女房《にょうぼう》たちが、口元に手を当てておかしそうな顔をする。

「あの声は藍桜《らんおう》の君ね。雛《ひな》のように紗良様を捜《さが》していらっしゃるわ」

梨乃が笑いを含《ふく》んだ声で言った。藍桜の君とは小瑠王《こるおう》のことだ。彼は南の路《みち》の果てに藍桜宮《らんおうのみや》を持っている。

「紗良様も落ち着く暇がないわねえ」

「竜《りゅう》の方々ったら、あれで嫌《いや》がらせしているつもりなのよ」

「嫌がらせ？」

「紗良様が宮から逃《に》げたくなるように、仕事を押しつけたり意地悪を言ったりしているの」

「ただかまってほしいというふうにしか見えないわ」

「そりゃあ、竜に怯《おび》えぬ冶古ですから。嬉《うれ》しくて仕方がないのでしょうよ」

「行ってあげてくださいな、紗良様」

女たちの柔《やわ》らかな手で部屋の外へと押し出される。廂《ひさし》から壺庭《つぼにわ》のうかがえる透渡殿《すきわたどの》へ出ると、こちらへ歩み寄ってくる小瑠王と鉢合《はちあ》わせした。露草《つゆくさ》色の髪《かみ》より濃《こ》い青の袍《ほう》がよく似合っている。

彼は、やや不機嫌《ふきげん》そうに紗良を見下ろし、腕《うで》を組んだ。

「また式たちと戯《たわむ》れていたんですか。冶古のくせにずいぶん怠《なま》けていますね」

　そら厭味《いやみ》を言ってやったぞ、とほんのり得意げな顔をする小瑠王に、紗良は頭を下げる。まだ一応、紗良を追い出すという作戦は続行されているようだ。

「申し訳ありません、藍桜の君」

「最近のおまえは絵巻物ばかり眺めていませんか？　女は派手やかな絵やら衣《ころも》が好きですね。——こちらへ来なさい」

　小瑠王は冷たく言うと、紗良についてくるよう促《うなが》した。

　絵巻物に興味があるというより、紗良を倉に閉じこめたあの巫が捜していた絵に興味がある、というほうが正しい。白羽に関することらしいから、なおさらだ。ひょっとすると右記《うき》ノ國《くに》に出現したことのある白い動物を描《えが》いた絵巻物が存在するのかもしれない。そう思って、式たちに自分が見てもいいような巻物はあるだろうか、と話を持ちかけた。

　それがなぜか、女たちできゃいきゃいと賑《にぎ》やかに楽しむような流れになったのだ。同じ人間の女には遠巻きにされるが、なぜか人外の式とは親しくなっている。

　小瑠王に連れられてきたのは、西の対の広廂だ。そこには既《すで》に先客がいた。様々な長さの絵巻を前にして、月時王《つきじおう》がゆったりと脇息《きょうそく》に寄りかかっている。朽《く》ち葉色の髪と紅《くれない》の衣で、来る秋の装い。幽玄《ゆうげん》の美を思わせる。彼はこちらに気づくと、「見つけたか」と苦笑《くしょう》した。

「また式につかまっていたんですよ。あの女たちは姦《かしま》しいから追い出したいです」

小瑠王は、円座に紗良を座らせると、不満げに言いながら隣《となり》に腰《こし》かけた。

「式が下がれば、困るのは俺たちだろう？　宮には下人もろくにいないんだぞ」

月時王が笑って言う。

「それに、囀《さえず》らねば女ではない」

この月時王は、他三竜よりも寛容《かんよう》だ。紗良にもめったに嫌がらせもどきの言葉を投げつけない。皆より一歩引いた場所から全体を眺めているような雰囲気《ふんいき》がある。

「白長督は故意に、やかましい式を選んで寄越《よこ》しているに違《ちが》いありません。……紗良、なにをぼさっとしているんですか。絵巻を片づけなさい」

「はい、藍桜の君」

散らかしたものを整理させるため呼びつけたのかと納得《なっとく》する。が――。

「どうです。これは秋山絵巻の一巻です」

「はい」

片づけようとする手をわざわざとめさせて、小瑠王が絵巻を指差す。

「榔月府《ろうげつふ》の南にこんもりとした小山があるんですが、そこの紅葉《もみじ》がすばらしい。秋の日差しを受けると葉が皆、黄色に染まるんです。あまりに見事だから、天人天女《てんにんてんにょ》も思わずふらりと舞《ま》い降りてくるほど。その密《ひそ》やかな宴《うたげ》の様子を描いた絵巻なんですよ」

「そうなのですか」

「こちらは、おはぐろ大輔《たいふ》絵巻。稚児《ちご》好きの大輔が引き起こした滑稽《こっけい》な物語です」

と、こんな調子で巻物の内容に逐一《ちくいち》触れるため、いっこうに整理が進まない。

内心首を傾《かし》げたのちに、気づく。

――嫌がらせと称《しょう》して、私に絵巻物を見せてやろう、と考えてくださったような気がする。

きっと紗良が絵巻物を見たがっていることを式たちから聞いたのだ。

嬉しそうに絵巻を解説する小瑠王の繊細《せんさい》な横顔を、紗良は微笑《ほほえ》ましい思いで見つめる。

日々竜たちに振《ふ》りまわされているのは確かだが、嫌がらせがこれっぽっちも嫌がらせになっていない。あるときは、「こんな貧しいもの口にしたくないからおまえがなんとかしろ」と豪《ごう》勢《せい》な食膳《しょくぜん》をこちらへ押しやって食べさせようとするし、またあるときは、「室礼《しつらい》が気に食わない」と言って、新しい調度類を用意させ、「やっぱりそれもいらぬから捨てろ」と紗良に持たせようとする。膝《ひざ》を貸せだの髪を梳《と》かせだのという理由で呼びつけられるときもあるが、それも実際は餅菓子《もちがし》を渡《わた》すための口実なのではと思わざるを得ない。竜は内裏《だいり》に参内しないので、朝から晩まで「嫌がらせってなんだろう?」と首を傾げたくなるようなあれこれにつき合わされることになる。最近、四竜を見る白羽の目がとてもぬるい。

起床《きしょう》後の湯浴《ゆあ》みの手伝いだけは誰《だれ》かに代わってほしいと思うときもあるが、彼らが恥《は》じらう様子を見せないので、なんとか紗良もこなすことができている。小瑠王の腿肉《ももにく》もいまのところ問題ない。

二竜と巻物鑑賞会《かんしょう》の時間をすごしていると、水干姿の式の少年がこちらに歩み寄ってきた。腕には組み紐《ひも》でくくられた仰々《ぎょうぎょう》しい細長な文箱《ふばこ》が抱《かか》えられている。

「文《ふみ》が届いております」

文箱を受け取ったのは月時王で、すぐさま開き、料紙を広げる。

文字を目で追う彼の眉《まゆ》が、面倒《めんどう》そうに寄せられる。

「ああ、忘れていた。枇儺式《ひだしき》の時期だった」

彼の言葉を聞いた小瑠王も、途端《とたん》に気怠《けだる》げな表情を浮《う》かべた。

ふいに、髪がなびくほどの強い夏風《ふ》が吹く。紗良は片手で髪を押さえた。ざあざあと木立がざわめく。夏の終わりを予感させる、どこかひんやりとした風だった。

しばらくして、ぱたりと風がやんだ。肩の白羽が頰《ほお》にすり寄る。

少しのあいだ、誰も口を利《き》かなかった。


「枇儺式って、なんでしょうか？」

小瑠王たちのもとを辞したのち、紗良は簀子縁《すのこえん》にいた梨乃をつかまえて尋《たず》ねた。

急に強風が吹き始めたので、寝殿《しんでん》はてんやわんやのありさまだ。式の女たちが慌《あわ》てて格子戸《こうしど》を閉めようと簀子を右往左往している。紗良も作業を手伝おうと踏《ふ》み台に乗った。

返事がないことに気づいたのは、格子戸を閉めたあとだ。

梨乃のほうをうかがうと、彼女は驚《おどろ》いた様子で踏み台の上の紗良を見上げていた。

「まあ……、そうでしたわね。そろそろ枇儺式が行われる時期でしたわ」

梨乃は何度もうなずくと、風になびく髪を煩《わずら》わしげに両手で押さえた。

「枇儺式とは、文月の甲辰《きのえたつ》の日に大内裏の迦《か》瀬《せ》院《いん》で開かれる祭事のひとつです。迦瀬院は、公《く》事《じ》の一部を開催《かいさい》する場所のことですよ。庭に高舞《たかぶ》台《たい》を用意し、歌舞《かぶ》を披《ひ》露《ろう》します」

「祭事……竜の方々に関係があるのですか？」

「ええ」

梨乃は渋《しぶ》い表情でうなずく。なんとなく、あまり紗良には聞かせたくない、という雰囲気を感じた。

「この日は竜にとっての忌《い》み日にあたります。甲は木の気、辰は土の気ですので相剋《そうこく》の面を持つのです」

「竜の忌み日に祭事が開かれる？」

「ええ、これは竜の枇《ひ》儺《な》……女《め》雛《びな》を召《め》す儀《ぎ》となりますから。竜の方々を守護、あるいは封《ふう》じられる斎王《さいおう》を選ぶのです。そのお役目の姫君《ひめぎみ》を斎花《さいか》とお呼びします」

斎花、と紗良は口のなかでつぶやいた。

「巫女姫《みこひめ》、という意味でしょうか」

「そうですね。神嫁《かみよめ》というほうが正しいかもしれません」

紗良は目を瞬《またた》かせた。神嫁？　帝《みかど》の代替《だいが》わりの際、未婚《みこん》の女王を神の依《よ》り代《しろ》として選び、斎宮《さいぐう》にこもらせるというが、それとはまた別だろうか。

「朝廷《ちょうてい》ではなんのかんのともっともらしい理由をつけていますが……竜《りゅう》は強い獣《けもの》です。人よりもずっと強いのです。時に人が御《ぎょ》せなくなるほどに。竜の加護はほしい、でも荒《あ》れてほしくない。この巨《きょ》たる天《そら》の将が大いに宙を駆《か》け巡《めぐ》ればどうなるか。竜の咆哮《ほうこう》は宙を揺《ゆ》らがせます。少し鳴いただけでも突風《とっぷう》を招くほどですもの。竜に自由を許すと、時の巡りが下界と少しずつ嚙《か》み合わなくなるのです」

「……地上の山月府《さんげつふ》と、この櫛月府の昼夜の刻《とき》がずれる？」

「その通りです。放っておけば、こちらでは昼なのに地上では夜が来る、といったひずみが生じてしまいます。この危険性に気づき、人のみならず、天帝《てんてい》も悩《なや》まれました。天《そら》の将がみだりに吼《ほ》えぬよう、鎮《しず》める者が必要ではないか。では竜が好む如意珠《にょいじゅ》のごとき女雛を授《さず》けよう。……これが枇儺式の始まりです」

梨乃は困ったように庭へ目を向ける。まだ風が強い。簀子にいる女たちが、髪《かみ》や袖《そで》を押さえてきゃあきゃあと騒《さわ》いでいる。

「天《そら》の竜が額突《ぬかず》く斎王ですので、ある意味においては大きな権力を手に入れるも同然です。それに皆様《みなさま》、人のなりのときは極《きわ》めて美しいですから……安全な斎花のお役目を望まれる姫君も意外と多いのです」

冶古《やこ》と違って死ぬ心配がないからだろう、と紗良はぼんやり思った。そういえば、この頃《ごろ》また身体《からだ》が重くなり始めている。呼吸もしにくい。

「ですが！　いまの竜の方々は、まだ一度も本当の斎花を選ばれていないのですよ！」

なぜか梨乃は風に泳ぐ髪も気にせず、胸を張った。

「だって、斎花の赤鼓《せっこ》が鳴らないんですもの！　赤鼓は神器で、これももとは神獣《しんじゅう》、赤い虎《とら》が変じたものなのです。虎が鳴かねば天《そら》が認めていないという意味です。でも斎花がずっと不在では困るので、これまではかりそめの女雛を選んできました。二年毎《ごと》……次の儀までのお役目となりますね。正式な巫《かんなぎ》ではないので山月府まで報は出しませんが」

竜を鎮める巫についてはぼんやりと聞いた覚えがある。なんだかすごいお役目なんだなあ、と紗良は戸惑《とまど》った。それから改めて、あの竜たちは本来なら気軽に話しかけられるような存在ではなかったのだと思い知る。

――なんでいま、竜の方々を遠く感じてしまったんだろう？

遠いもなにも、はじめから手の届かぬ天上人ではないか。

対して自分は、近い未来に死ぬ下人だ。

紗良は視線を庭へ向ける。木々が、紗良の胸の内を笑うようにざあとなびく。

昼時の強風が不安をもたらしたのだろうか。

紗良は不吉《ふきつ》な夢を見た。愛する故郷が、恐《おそ》ろしい怪《かい》・水鹿神《みかがみ》に襲《おそ》われている。里人たちが月光も届かぬ木々の合間を逃《に》げまわっている。紗良は懸命《けんめい》に彼らに声をかけるけれど、誰にも届かない。皆《みな》、闇《やみ》のなかを右往左往しているせいで手足が傷だらけだ。衣《ころも》もあちこち引っかけて襤褸《ぼろ》布《ぬの》のようだった。ある者は樹幹に激突《げきとつ》し、額から血を流して昏倒《こんとう》した。その身体を、不気味な生物が闇の向こうへずるずると引きずっていく。やめてと手を伸《の》ばしても自分の身体は幽鬼《ゆうき》のように透《す》けていて、人々に触《ふ》れることができない。

紗良は泣きそうになりながら浜辺《はまべ》のほうへ走った。

そこで姉妹《しまい》のように育った紗和子を発見する。彼女だけが紗良の存在に気づいた。

紗良たちは波の音が響《ひび》く静かな夜の浜辺で見つめ合った。彼女のほうが少しだけ髪が短く、小柄《こがら》だ。いつだって楽しいものを探そうとして輝《かがや》いていた黒い瞳《ひとみ》はいま、洞穴《ほらあな》のように黒々としていた。

「ひどいわ紗良。なんであんただけがそんなにきれいな衣を着て、幸せでいるの？」

紗和子は疲《つか》れた表情で言った。

「身も心もすっかり天上人ってわけ？　もうあたしたちのことなんて忘れちゃったのね」

違《ちが》うと紗良は必死に叫《さけ》ぶ。だが彼女の闇に染まった目は、嘘《うそ》を見逃《みのが》さない。

「嘘つきね。あたしたちを思い出す時間が、日に日に減っているんでしょう？　あたしの身代わりだなんてご大層なことを言っていたけれど、あんたは天都《てんと》でいい暮らしをしてるじゃない……」

胸に剣《けん》を突き立てられたような気持ちになった。

「ねえ紗良。あたしは、ここに残らなかったあんたの代わりに殺されるのよ」

彼女の背後に、水鹿神が忍《しの》び寄る。逃げてと叫んでも、紗和子はただ疲れ切った様子で首を振《ふ》るだけだ――……。


紗良は、跳《は》ね起きた。

夜具を蹴飛《けと》ばし、猪《いのしし》のように帳《とばり》へ突進《とっしん》して廂《ひさし》から簀子縁へ出る。流れ落ちる涙《なみだ》もそのままに、闇のなかを無我夢中で走った。ほのかに届く庭の石灯籠《いしどうろう》の明かりは怪火《かいか》のように見えた。

「紗良！」

どっとなにかにぶつかった。逃げ惑《まど》う里人が衝突《しょうとつ》した樹幹とは違って、柔《やわ》らかな生地《きじ》を頰に感じた。

「紗良、どうしたんだ」

誰《だれ》かに両手で顔をすくい上げられる。黒い瞳に一瞬《いっしゅん》ぞくっとした。紗和子の、洞穴のような光のない瞳と錯覚《さっかく》したからだ。けれどその瞳は、星と月の輝きを閉じこめているようにきらきらしていた。ああ竜の君、由衣王だ、と頭の片隅《かたすみ》で納得《なっとく》した。

「なぜこんなに泣いている？」

由衣王は見るからに狼狽《うろた》えた。異変を察したのか、彼の後方からぞろぞろと三竜が寄ってくる。ぽかんとしている多々王《たたおう》の手には酒杯《しゅはい》が握《にぎ》られていた。

紗良は少しずつ冷静になった。どうやら自分は、西の対から、釣《つ》り殿《どの》へと続く中門廊を突っ走ってきたようだ。竜たちはこんな遅《おそ》い時間まで酒宴《しゅえん》に興じていたらしい。紗良の足音に気づいて腰《こし》を上げた由衣王に抱《だ》きとめられたのだろう。彼が腕《うで》を伸ばしてくれなかったら、釣り殿から池に落下していたかもしれない。

「なんですおまえ。子どもみたいに泣いて」

隣《となり》に立った小瑠王が冷たい声音《こわね》で吐《は》き捨てながらも、優《やさ》しげな手つきで紗良の頰《ほお》を拭《ぬぐ》う。

「怖《こわ》い夢でも見たのか？」

月時王がぐりぐりと紗良の頭を撫《な》でる。

「酒でもどうだ？　かなり強い酒だからな、数杯ぐっと飲み干せばよく眠《ねむ》れるぞ」

こちらにおずおずと酒杯を差し出そうとした多々王の頭を、小瑠王が無言で叩《たた》く。

「ばかめ。夢ごときのなにを恐れるのか」

我《われ》は天《そら》の将たる竜《りゅう》だぞ、とでも言いたげな顔をしながら由衣王が紗良の背を軽く撫でる。

「俺に蹴《け》散《ち》らせぬ悪夢などひとつもない」

紗良は涙を流し続けた。彼らの惜《お》しみない優しさが、いまは刃《やいば》と変わり、紗良の胸をずたずたに切り裂《さ》く。

もっと無慈悲《むじひ》で、里人を虫けらのように扱《あつか》うような憎々《にくにく》しい竜であったらどんなに救われたか。

彼らのために生きていきたい、だなんて欲深《よくふか》な考えは、きっと目覚めなかったろうに。

翌日。なぜか四竜とともに紅梅《こうばい》の里のほうへ足を運ぶことになった。

そちらはとくに花が豊富とのこと。南庭から反り橋を渡《わた》り、夏の花が咲《さ》き乱れる一角へ向かう。木槿《むくげ》に桔梗《ききょう》、梔子《くちなし》、百合《ゆり》。名も知らぬ花々も数多くあった。さわやかな甘い香《かお》りがふわりと周囲に漂《ただよ》っていた。

どうやら本日の四竜は、この花園《はなぞの》でまったりと昼の刻をすごしたいらしい。

衣《よご》が汚れるのもかまわず地面に直接座ったり、寝転《ねころ》がったりする。獣《けもの》の子のような屈託《くったく》ない様子に、知らず笑《え》みが漏《も》れる。

「どうだ?」と片膝《かたひざ》を立てて座っている由衣王が尋《たず》ねた。その意味を考え、紗良はうなずく。

「心輝くような、すばらしいところですね」

「だろう。草花はよい。気を整える」

心の声は聞こえなくなっているけれど、わかる。これはきっと昨夜、自分の様子が変だったから、慰《なぐさ》めようとしてこちらの里へ連れてきたに違いない。

肩《かた》に乗っていた白羽が地面に飛び降り、嘴《くちばし》でつんつんと小花を引っぱった。

紗良はふと思い立ち、小花をいくつか摘《つ》んだ。今日の由衣王は髪飾《かみかざ》りをしていない。小花をちょっとまとめて、「失礼します」と彼の髪に挿《さ》す。由衣王は迷惑《めいわく》そうに横を向いたが、避《さ》ける素振《そぶ》りは見せない。表情ほどには嫌《いや》がっていないだろうと判断する。

この様子を見ていた小瑠王が、「不器用ですね、花挿しひとつうまくできないんですか。……俺は紫《むらさき》の花がいいです」と憎《にく》まれ口を叩きつつ控《ひか》えめに要求してきたので、紗良は微笑《ほほえ》んで新たな花を摘んだ。螺鈿《らでん》の髪飾りに合わせてその花を挿してやると、「まことに手際《てぎわ》が悪い。こんな無粋《ぶすい》な飾りをつけられるなんて憂鬱《ゆううつ》です」などと言いながらも、ぱあっと嬉《うれ》しそうに頬を染める。厭味《いやみ》を聞かせてじゅうぶん嫌がらせした気分でいるらしいが、もう少しがんばれと言いたくなる。

紗良もちょっと意地悪したくなり、「すみません、では外しましょうか?」と聞けば、「好きにすればいいのでは……」と、ものすごく悲しげな顔をされてしまう。萎《しお》れた花のような風情《ふぜい》を目にし、かなり罪悪感が生まれたのでもう意地悪はよそうと反省する。

「ところで紗良。好みのものは探したのか。……こんな花ではごまかされないぞ」

由衣王に据《す》わった目で見つめられた。そうだった。彼の好みを考える約束だった。

「それではしばし、お暇《いとま》をいただけますか？」

「なんだと？」

「西藍《さいらん》国には珍《めずら》かなものが数えきれぬほどあるそうです。探しにいって参ります」

冗談《じょうだん》のつもりだったが、由衣王は、ほほう、と悪い微笑《びしょう》を見せて、立ち上がった。

「では、俺も行くか」

彼がそう言えば、寝転んでいた多々王も身を起こして、「行くか」とうなずく。

「なに、竜化すれば西藍国など瞬《また》く間」

由衣王がにやにやする。多々王も、気を取り直した小瑠王も、紗良を見つめて怪《あや》しく笑う。

「西藍国は砂漠《さばく》の向こうだったな。じゃあ夜の砂漠で星をひとつ、摘んできてやろうか？……

…それで誰かの命運が変わるかもしれんが、ま、大した問題じゃないさ」

「おや。では俺は月を叩き割って、欠片《かけら》を拾ってきましょうか」

「なら俺は暴雨を招いて山を動かし、金脈を暴《あば》こうか。西藍は黄金も豊富だったな」

由衣王もそんな危険な発言をし、衣《ころも》を脱《ぬ》ごうとする。竜に変身するつもりだ。

「えっ、お、お待ちください！」

慌《あわ》ててとめる紗良に、月時王が笑って言う。

「竜をからかうなら命懸《いのちが》けで来い。こいつらは本気で星でも月でも金でも拾ってくるぞ」

「も、申し訳ありませんでした。……宵霧《よいぎり》の君、好みのものは、もう少しお待ちください！」

「仕方がない」

座り直した由衣王が、ふと近くに落ちていた小枝に気づき、それを手に取った。

熱心に枝を矯《た》めつ眇《すが》めつ眺《なが》めてから、軽く振《ふ》りまわす。が、いじりすぎたせいか、それとも手の力が強すぎたせいなのか、ぽきっと小気味よい音を立てて枝が折れた。

由衣王は目を見開き、青ざめた。彼だけでなく、三竜までもが一斉《いっせい》に蒼白《そうはく》になる。

なぜか彼らは、折れたその枝と紗良の腕を交互《こうご》に見た。ますます顔色を悪くする。

――……。この方たち、もしかして私の腕のなかには本当に骨じゃなくて枝が入っているって誤解しているんじゃ……。

「皆様《みなさま》」と呼びかけると、四竜はびくっとした。誤解をとくためにも、紗良は張り切って立ち上がった。

「私、体力には自信があるのです。腕力《わんりょく》もあります。弓で獲物《えもの》を狩《か》ることもできますし、木登りも得意なんですよ。そうだわ、あの木の花を取って参りますね」

「まっ、待て」やら、「山猿《やまざる》にでもなるつもりですか」などと竜たちに慌てられたが、紗良は笑顔で振り切って近くにある花の木に歩み寄った。木登りが得意というのは決して誇張《こちょう》でもなんでもなかったのだが、重要なことを忘れていた。いまの自分は小綺麗《こぎれい》な水干姿なのだ。

「あっ？」

樹幹に足をかけ、まず一番低い枝によじ登ろうとしたとき、布地を傷《いた》めてはいけないと気づく。意識が散漫《さんまん》になったせいで指の力が抜《ぬ》け、樹幹からぽろりと身体《からだ》が剝《は》がれてしまい、そのまま落下した。が、落ちたといっても、ほんの少しの高さだ。

手のひらにちょっと傷を作っただけで、他《ほか》に怪我《けが》はない。しかし——。

「ば、ばかだろ！」

多々王がうろたえながら紗良の前に身を屈《かが》めた。他の竜たちも、「なんて鈍臭《どんくさ》いんですか！」「なにをしているんだ」「どこか折れたんじゃないか」などと怒《おこ》りながらあたふたする。

由衣王は、紗良の手のひらにうっすらと滲《にじ》む血に気づくと、額を押さえてふらりとその場に座りこんだ。「折れた……、枝が……」と絶望的な様子でつぶやいている。

間違《まちが》いない、彼らは紗良の身体が枝でできていると信じこんでいる。無言で紗良の手の血を拭《ぬぐ》い始めた月時王の様子も、かなり怖《こわ》かった。表情がごっそりと抜け落ちている。

「嘘《うそ》だろ……、樹の幹を摑《つか》んだくらいで傷ができるのかよ」

多々王が信じられないというように小声で言う。それに月時王が、「人間の脆《もろ》さは尋常《じんじょう》ではないな」と返す。

「知っていますかおまえたち。人というのは、この程度のかすり傷が治るまでに、数日もかかるのです……」

「な、なんだと」

「冗談だろ」

小瑠王の言葉に、由衣王と多々王が驚愕《きょうがく》する。紗良は虚《うつ》ろな目をした。なんの話だろうか。

「嘘ではないし、もっと衝撃《しょうげき》的な事実があります。人には、俺たちのような蘇生《そせい》能力がまったくありません。つまり……ちょっと腕《うで》の肉を抉《えぐ》るとするでしょう？　そうしたら、その部分はいつまでたってもほとんど再生せず傷のまま残るのですよ……」

えー!!　と竜たちが口を押さえて叫《さけ》ぶ。

本当にこの竜たちは、人間をどんな目で見ているのか。

「ま、まことか。再生せぬのか……いや、確かに腕を切断すれば二度と生えぬな」

「そうだな、人は呆気《あっけ》なく死ぬよな」

「ちょっとしたことで病にも罹《かか》るな。日に当たりすぎたら、溶《と》け出すんじゃないか？」

竜たちは深刻な顔で囁《ささや》き合った。

どうすればいいのか。紗良へ向けられる目が、もはや蟬《せみ》を見るそれと同じだ。

落ち着きなく紗良のまわりをうろうろする竜たちを宥《なだ》めるのに、しばらくの時間を要した。

辛抱強《しんぼうづよ》く笑みを作って、自分は頑丈《がんじょう》だ、大丈夫《だいじょうぶ》だと繰《く》り返し、なんとか納得《なっとく》してもらう。

ほうと溜息《ためいき》を落とし、片膝を立てて座り直した月時王が、ふいに自分の手へ視線を向けて渋《じゅう》面《めん》を作る。

「ああ、参った。蜘蛛《くも》に嚙《か》まれたぞ」

「はい？　蜘蛛ですか？」

「うん」

うなずく彼の手の甲《こう》に、確かに小さな蜘蛛が乗っている。皆《みな》の視線が集まって迷惑だというように、蜘蛛は彼の手を降りてそそくさと去っていった。

「蜘蛛はな、竜《りゅう》の天敵なんだ。今日の俺はもう動けそうにない」

月時王はそう嘆《なげ》くと、紗良の膝《ひざ》に頭を乗せて寝《ね》転《ころ》んだ。

「そら、癒《い》やせ」

「は、はい」

うろたえながら月時王の髪を撫《な》でる。座り直した三竜がにんまりし、「蜘蛛はな」「ならぬな」「なりませんね」と口々にうなずき合う。

「もしかして……冗談ですか？」

怪しんで問えば、竜たちは顔を見合わせて、「天敵」と繰り返す。

そして紗良に、蜘蛛が居ぬ間にもっと癒やせ、宥めろと言う。

竜はこのように、時折稚気《ちき》を見せて戯《たわむ》れる。

文月《ふみづき》。夜空に白い霞《かすみ》が棚引《たなび》き、星月がもっとも煌《きら》めく秋の季。日はあっという間に流れる。昼は竜たちに翻弄《ほんろう》され、夜は故郷を偲《しの》び——そうして忙《せわ》しなくすごすうちに、紗良はやっとこの暮らしに馴染《なじ》み始めた。

桔梗《ききょう》の里でも七夕行事、雨乞《あまご》いの儀《ぎ》などが開かれる。そちらはあまりに豪華《ごうか》だったり厳《おごそ》かだったりして途方《とほう》に暮れてしまったが。

大内裏《だいだいり》への随行《ずいこう》を命じられたのは、文月前半の儀を恙《つつが》なく終え、葉月の匂《にお》いがうっすらと漂《ただよ》ってくる頃《ころ》のことだ。女雛《めびな》を選びに、竜が動く。

枇儺式の日、紗良も式らとともに美しい衣をまとい、神車《かぐるま》に乗りこんだ。

といっても紗良が着用しているのは女房装束《にょうぼうそうぞく》ではなく、辰弥庁《たつみちょう》の上級女官の礼服に似た動きやすい衣だ。布をたっぷりと使った艶《つや》のある紅色の大袖《おおそで》に白の内衣。紕帯《そえおび》に裙《くん》、鼻高沓《びこうぐつ》。髪《かみ》は軽く結《ゆ》い上げて花を挿《さ》している。

白羽は目立つので連れていかないほうがいい。留守を守る式に世話を頼んでおく。

雅《みやび》やかな神車が東西南北の路《みち》を埋《う》め尽《つ》くす。大内裏の迦瀬院へ向かう車の行列だ。

梨乃たちに言われるままこうして着飾《きかざ》りはしたが、それはあくまでも人数合わせ。なにしろ竜の宮は、使用人の数が極端《きょくたん》に少ない。これでは体裁《ていさい》が悪いので、威儀《いぎ》を整えるため式のみならず紗良も担《かつ》ぎ出されたというわけだ。辰弥庁からも羽羽獅童子《うばしどうじ》や官人が派遣《はけん》されている。おかげで、どこの公達《きんだち》にも劣《おと》らぬ立派な行列が作られた。このあたり、当の竜たちはというと、まったく頓着《とんちゃく》していなかった。気を揉《も》んだのは白長督である。今年の枇儺式には﨟帝《ろうてい》も臨幸されるとの話であり、なおさら列の見栄《みば》えに頭を悩《なや》ませたようだ。

迦瀬院の正殿《せいでん》まで随従《ずいじゅう》するのは天上人の官吏《かんり》のみだ。

無位の冶古《やこ》でしかない紗良は供人《ともびと》とともに、比来舎《ひらいしゃ》で待機する。

比来舎とは供人が主人たちを待つ所で、大抵《たいてい》は外門付近に設けられている。男女の舎が区別されているのは、やはり見栄えを気にした公家《くげ》が容姿の整った女房に上等な袿《うちき》を着せて連れてくることがあるためだ。競《きそ》うのはなにも神車行列や殿舎《でんしゃ》での出衣《いだしぎぬ》のみとは限らない。こちらの車寄せからも女房たちの華《はな》やかな衣《ころも》を出《い》だし、栄華《えいが》の在り処《か》を天下に知らしめる。

枇儺式は、女雛の儀だ。出車《いだしぐるま》にも力を入れ、ここぞとばかりに色の美を咲《さ》かせる。普段《ふだん》は屋《や》敷《しき》にこもりっきりの女たちにとっても楽しい日となる。気のきく天上人なら舎人《とねり》にも絹の衣を振る舞《ま》い、飾《かざ》り立てる。禁色や生地《きじ》、文様の縛《しば》りが緩和《かんわ》されたことにより衣文化は花盛《はなざか》りの期を迎《むか》えている。もちろん伝統の配色で勝負するのもひとつの手。

先年においては紀務庁《きのつかさちょう》の大臣が随身から雑色《ぞうしき》の衣、神車の装飾《そうしょく》まで抜かりなく、多彩《たさい》な季節の花で色を匂わせ、『花香《かお》る』さまを見事に表現した。政治よりも芸能のほうに傾倒《けいとう》しがちな椰帝は、この様子を大層喜んだ。天上人らは妬《ねた》みまじりに「あれはしょせん、おんぞ大臣よ」と陰《かげ》で顔を寄せ合い、嘲笑《ちょうしょう》した。しかしこれが絵巻にもされたのだから大臣の作戦勝ちと言える。

逆に、季節も配色も無視してそのとき着たいものを着る、というのが気ままな竜たちで、だからこそ白長督はあちこち奔走《ほんそう》するはめになっているのだが、それでも彼らの場合は人々の感《かん》嘆《たん》を誘《さそ》う。そもそもの姿形が極《きわ》めて美しいからだ。

枇儺式が賑《にぎ》わうのは、わずか二年の任期であれば斎花《さいか》として就《つ》くのも悪くない、と判断されるためである。俗《ぞく》なことをいえば、田畑の支給がある上、位階も上がる。また、竜気は天の気。彼らに侍《はべ》ってその神気を浴びれば徳を積むも同然。右記ノ國ではとくに女のほうが信心深い。別の大陸から伝わる仏法そして古来の宗教、どちらも受け入れている。

――というような四方山話《よもやまばなし》を紗良は、比来舎の一室で、人のよい他家の女房らからきゃいきゃいと既《すで》に数刻聞かされている。

もはや夜の刻にさしかかる頃。彼女らは、どうやら紗良のことをどこかの女官《にょかん》だと勘違《かんちが》いしているらしかった。女たちも天上人ではなく下級女官なので、その分気安い面がある。舎では干菓子《ひがし》が振《ふ》る舞われるから、はしゃいだ女たちの声でどこの室《へや》も賑々《にぎにぎ》しい。

「今年はどこの姫《ひめ》様が斎花に任ぜられるのかしらね」

女房の一人が言う。基本的には女御《にょうご》や更衣《こうい》、既に夫を持つ女などが選ばれることはない。ただし斎宮《さいぐう》同様に、皇女が選任されることならあるという。

どこぞの家のだれだれが、いや、あちらの家の姫君が、と紗良の知らない公卿《くぎょう》の娘《むすめ》の名が宙をぽんぽん飛び交《か》う。月時王の言っていた通り、女は囀《さえず》るものなのだ。

「やっぱり紹子《しょうこ》内親王様が一番の有力候補よ」

「ご本人が乗り気なんですってね」

「竜の方に一目《ひとめ》惚《ぼ》れしたって噂《うわさ》は本当なの？」

「本当よ。数々の求婚《きゅうこん》を蹴《け》っていらっしゃるって。この日のために潔斎《けっさい》をされたとか」

「じゃあ、紹子内親王様に決まったも同然だわ。舞いのときに花が落ちてきた者が斎花の証《あか》しなんでしょ。でもあれって陰陽師《おんみょうじ》がこっそり飛ばしているんだもの」

「えっ？　なんであなた、そんなことを知ってるの？」

「お仕えしているお屋敷に陰陽師が来るのよ。そこのお弟子《でし》が教えてくれたわ。式に参列される天上人の方々も当然、知っているわよ」

彼女たちの話を聞きながら、紗良は微妙《びみょう》な思いを抱《いだ》く。

斎花に就任したとしても期間はわずか二年。だから竜たちとともに暮らすわけではないという。斎花が望めば宮へ移ってもかまわぬようだが、だいたいはいままで通り安全な邸宅《ていたく》で暮らし、祭事のときだけ顔を合わせるらしい。

「それにしても竜の君の美しさったら！」

とある女房がうっとりと言う。どの貴人も例外なく外門前で車を降り、徒歩で殿舎へと向かうので、そこで竜を見たのだろう。

紗良は内心胸《むね》を撫で下ろす。別の車に乗っていてよかった。

「美青年と評判の方々さえ茄子《なす》か蕪《かぶ》にしか見えなくなる」

「そりゃあ、どうしようもないでしょうよ」

女たちが意地の悪い顔をしてくすくすと笑う。女は数が集まると、ぎょっとするほど辛辣《しんらつ》にも大胆《だいたん》にもなるものだ。

「一日でもいいから、召《め》されたい」

「でも、あんなに美しくたって本物の人間ではないのよ。不興を買えば嚙《か》み殺されるかもしれないわ」

「そうよねえ。人の姿のときはいいけれど、本性《ほんしょう》は物の怪《け》のようだわ。私、天門から飛び立つ竜の方々を見たことがあるのよ。あれはなに？　異国の神話にある八岐大蛇《やまたのおろち》の化身《けしん》ではなくて？」

「山月府から里人を攫《さら》っては食い殺しているとも聞いたけれど」

女たちが笑《え》みを消して、ぞっとした顔を見せる。

「そんなことはしません！　——と、思います」

いきなり叫《さけ》んだ紗良に、女たちが驚《おどろ》いたような視線を寄越《よこ》す。

「まあ、あなた。ずっと黙《だま》っていたと思ったら」

「やっぱりあれだけきれいな顔ですもの、人でなしとはわかっていても見惚《みほ》れるわよねえ」

「そ、そうですね……」

紗良は肩《かた》を小さくした。目立つまいと思い、なるべく会話には参加しないようにしていたのに、どうしても言わずにはいられなくなったのだ。

「私はいくら美男でもああいう冷酷《れいこく》な目つきの方は嫌《いや》だわ。竜《りゅう》ですもの、人みたいな心なんて持ってないわよ」

一人の女がきつい口調で吐《は》き捨てた。

「心ある優《やさ》しい方です！　……というふうに見えます」

紗良はまた叫んだ。女たちが奇妙《きみょう》な表情を浮《う》かべる。

「どうかしら。美しいけれど、優しそうにはまったく見えないわよ？」

「ええ。いかにも下々のことなど虫けらとしか思っていない冷たい顔つきだわ」

「まあ、天上人なんてみんな、そんなもんですけど」

「粗相《そそう》をしたら、命まで取られかねないわよね」

散々な評価に、紗良は唸《うな》る。どうにかして竜の評判をよくしたい。

「確かに見た目は冷酷以外の何ものでもありませんが！　竜の方々はとても慈悲深《じひぶか》いのです！……と信じています。そうでなければ、なんの得にもならないのに人々を怪《かい》から守ってくれるはずがありません」

あら、と女たちが驚く。

「言われてみれば」

「本当ね」

うんうんと女たちは素直《すなお》にうなずいた。しかし、先ほど、人みたいな心なんて持っていないと言い切った女が、不満そうに反論する。

「慈悲深いかしら？　私には神々の気まぐれにしか見えないわ」

「どうしてよ」

「竜の方々がこの榔月府を守ってくれているのは知っているけれど、地の山月府はどうなのよ？　国で一番恐《おそ》ろしい怪は水鹿神《みかがみ》でしょ。でもその大半は山月府のほうに出没《しゅつぼつ》するじゃない。辰弥庁の占《せん》で水鹿神の訪《おとず》れを知り、警笛を鳴らすのよね。でも私、知ってるのよ。わざと警笛を鳴らさない日がほとんどだって」

「え、どういうこと」

女たちが興味津々《きょうみしんしん》という様子で身を乗り出す。紗良は密《ひそ》かに身を強張《こわば》らせた。

それについては、かつて紗良も疑問に思ったことがある。水鹿神による被害《ひがい》でいくつもの村が消滅《しょうめつ》しているが、救助されぬことのほうが断然多いのだ。なぜなのか。

「だから、竜は助ける漁村を選んでいるのよ。貢物《こうもつ》を多くおさめている漁村は助けて、貧しい漁村は見捨てているの」

紗良は奥歯を噛み締《し》めた。まさか。

——そんな卑劣《ひれつ》な選別をされる方々じゃない！

冶古《やこ》の徴令《ちょうれい》をあんなに嫌がっていたのだ。それに警笛を鳴らすのは辰弥庁である。なら、そちらで占いの結果を伏《ふ》せていると考えるほうが正しい。

でもと紗良は訝《いぶか》しむ。あの白長督が卑劣な真似《まね》をするだろうか。いや、占は彼だけがするとは限らない。他《ほか》の神官たちだって日常的に行うはずだ。

「今日だって、そうよ？」

その女が、勝ち誇《ほこ》った顔で言った。

「今日？」

紗良は彼女に視線を向けた。得意げに胸を張った女は、紗良をじろじろと眺《なが》めまわした。

「私、辰弥庁の太史様のお屋敷《やしき》に勤めているから、そのあたりは詳《くわ》しいのよ」

「太史の沖貞《おきさだ》様ですか⁉」

「あら、知ってるの？」

紗良は頬《ほお》を引きつらせた。白羽を奪《うば》おうとした官吏《かんり》だ。なんていう因縁《いんねん》だろう。

「ええ、前に、大変立派な方であるという噂を耳にしたことが……。それで、その今日というのは？」

「やけに食いついてくるわね、あなた。……あら。見事な指環《ゆびわ》をしてるじゃない！　それって赤珊瑚《あかさんご》でしょ？」

女の目に欲《よく》が宿った。

一瞬《いっしゅん》、指環を渡《わた》して話を聞き出そうかと迷う。だが、だめだ。この指環にはきっと、多々王の心の雫《しずく》が一滴《いってき》、落ちている。欲と引き換《か》えにしていいものではない。

「ごめんなさい、これは今日のためにと借りたものなんです。後日に必ずお礼をしますので、教えてくれませんか？」

「……私は別に、そんな指環がほしいなんて一言も言ってないでしょ」

女は明らかに機嫌《きげん》を損《そこ》ねた。紗良が困っていると、隣《となり》にいた別の女が呆《あき》れ顔で彼女に言った。

「この子、こんなに必死な顔をしているんだから、もったいぶらずに教えてあげればいいじゃないの」

「な、なによ。吹聴《ふいちょう》したら折檻《せっかん》されるのは私なんだからね」

「言いたくってたまらないくせに、あんたは意地悪なんだから！　また男に逃《に》げられるわよ」

女は、かっと頬を赤くした。八つ当たりするように紗良を睨《にら》みつける。

「巫女《みこ》の占いで、今日も地に水鹿神が現れるってわかっただけよ！　五本の弓の弦《げん》が切れたから間違《まちが》いない、かなりの大物が出るって。でも今日は枇儺式があるじゃない。どうでもいい漁村より儀式《ぎしき》のほうが大事なんだから、警笛なんか鳴らすはずないわよ！」

女は早口で吐き捨てると、足音を立てて去っていった。

紗良は、しばらく放心した。五本の弓の弦？

――嘘《うそ》でしょう？

紗良の住んでいた弧張《こば》り村のことだ。

すぐにそうわかったのは、弓の弦が村名の由来になっているからだった。

五人の弦打ちがそこに住んでいた物の怪を払《はら》い、村を作った。それで弧張りと呼ぶ。護歌《ごか》に優《すぐ》れているのも、弦打ちの呪《まじな》いの力が引き継《つ》がれているためだという。

「ちょっと大丈夫《だいじょうぶ》なの？　あなた、真っ青よ――」

隣の女に顔を覗《のぞ》きこまれ、紗良は我《われ》に返った。ふらつきながら立ち上がり、ぼうっとあたりを見まわす。それから、勢いよく駆《か》け出した。

女たちの驚く声が、後ろで聞こえた。紗良の頭に以前見た悪夢が蘇《よみがえ》る。

あれは予知夢だったのか。

迦瀬院の外門を、雨呂門《うろもん》という。そして内門を、虞礼門《ぐれもん》と呼ぶ。

無位の紗良は、雨呂門さえくぐることが許されない。

息を切らして駆けつければ、門番の護兵たちが警戒《けいかい》の目で紗良を見下ろした。

既《すで》に歌舞《かぶ》が始まっているのか、弦楽器の音色が聞こえてくる。

「お願いです、竜の君に急ぎ言づてを！」

「誰《だれ》だ、おまえは？　名乗れ」

「宵霧宮《よいぎりのみや》の紗良と申します。どうか言づてをお願いいたします」

「竜神《たつのかみ》の宵霧宮？　……ではあなたは辰弥庁の巫女か？」

「――そうではありません。宮に仕える者です」

親の地位、あるいは自分の身の上を明かせないという時点でもう望みは絶たれたに等しい。

最初は真剣《しんけん》に話を聞こうとしていた護兵たちの顔に、呆れと苛立《いらだ》ちが滲《にじ》む。

今日は皇族も参席しているため、ここで不備があれば自分たちの首が飛ぶ。

「おまえの私情を汲《く》んで開門せよというのか？　戯言《たわごと》を抜《ぬ》かすな」

「火急を要するのです。どうか――竜の君が無理でしたら、辰弥庁の伯、いえ、それも無理なら大輔《たいふ》の広杜《ひろもり》様にお目通りを！」

「おい、なんなんだ、この娘《むすめ》は？」

竜、辰弥庁の長官、大輔と大物の名前ばかり出す紗良を、若い護兵は気味悪そうに見下ろす。

多少の迷いがその目にあるのを知った。もしも本当に火急の用事なら、と。

もしかしたら伝言を頼《たの》めるかもしれないと希望を持ったとき、年嵩《としかさ》のほうの護兵が疑《うたぐ》り深い目をして口を開く。

「そこまでの火急の用件とはなんだ」

「それは、水鹿神の――」

仔細《しさい》を説明しようとして、紗良は息を吞《の》む。太史の沖貞の屋敷に仕える女が教えてくれた、今日の占にて山月府の弧張り村に水鹿神が出没する、けれども枇儺式を優先させて情報を隠匿《いんとく》した――これを伝えてどうなるというのか。

信じてもらえるはずがない。試《ため》さなくてもわかる。仮にこの護兵たちが念のためと思って調べてくれたとしても、沖貞と女は間違いなく否定する。それどころか、紗良がありもしない話を捏造《ねつぞう》して騒《さわ》いでいるだけだ、などと批判されかねない。

――門が、高い……。

紗良は虚《うつ》ろな目で雨呂門を見上げる。紺《こん》の屋根、緋《ひ》の扉《とびら》。この門は、山のようだ。たとえここを突破《とっぱ》できたとしても、次の門が待っている。

いや、ふたつの門も通過できたところでいったいなにが変わるのか。

もしも女の言う通り、辰弥庁で救う村を選別していたのだとしたら？

竜《りゅう》たちもその事実を黙認《もくにん》していたのだとしたら？

「おい！　なんだっていうんだ！」

年嵩の護兵が声を潜《ひそ》めて怒鳴《どな》る。

「おまえは本当に宵霧宮の女房《にょうぼう》か？　それにしては垢抜《あかぬ》けない雰囲気《ふんいき》だな」

「待て。竜の宮に、辰弥庁の女官《にょかん》以外の女がいるのか？　あそこは端女《はしため》さえもいないって聞いたことがあるぞ」

護兵たちの視線が険しさを増す。

紗良は答えられない。頭のなかに姉妹《しまい》のように育った紗和子や、彼女の夫となる青年、それから海女《あま》たち、漁に赴《おもむ》く男たちの姿がぐるぐると流れている。

——私はここでなにをしているんだろう？

一人だけこんなきれいな衣《ころも》を着て、髪《かみ》も飾《かざ》って……外見だけは天都《てんと》の女のように取り繕《つくろ》っているけれど、結局違う。

紗良は一歩下がった。美しいものがほしかったわけじゃない。金も銀も、真珠《しんじゅ》もいらない。

「帰りたい」

つぶやいた瞬間、心臓をぎゅっと絞《しぼ》られたかのような痛みを感じた。

あと少しそばに置いてやる——いつか聞いた竜の強がりが何度も何度も胸に響《ひび》いた。帰らないでくれ、という切なげな声も。

あの方は、もしも自分が本当に村へ帰ったら入水《にゅうすい》してしまうんじゃないだろうか？

多々王だって、東宮《とうぐう》のもとに殴《なぐ》りこみに行ったりしないだろうか？

小瑠王なんか、まったく嫌《いや》がらせになっていない嫌がらせを得意げな顔でしながら、紗良になんでも与《あた》えようとしてくれた。

月時王は飄々《ひょうひょう》としていながらも案外甘え上手で、ほとんど嫌がらせをしてこなかったように思う。

「おい!!」

年嵩の護兵が焦《じ》れた様子で手を伸《の》ばしてきた。

ところが紗良の背後を見て動きをとめ、奇妙《きみょう》な顔をする。

「なんの騒ぎだ」

背後から若い男の声が響く。紗良はのろのろと振《ふ》り向いた。おかしな三人組がいた。

門の左右に置かれている石灯籠《いしどうろう》の明かりに浮《う》かぶのは、若い随身二人に、大きな白貂《しろてん》に乗った男だ。きっちりとまとめた黒髪《くろかみ》に冠《かんむり》、目に鮮《あざ》やかな茜色《あかねいろ》の縫腋袍《ほうえきのほう》、大口袴《おおくちばかま》、表袴《うえのはかま》、浅沓《あさぐつ》という整った身なりからして天上人だろうが、なぜ白貂に直接騎乗《きじょう》しているのだろう。

白い獣《けもの》は天《そら》の使い。とくに白貂は希少価値が高いはず。気軽な調子でひょいと乗るものではない。

「この娘は？」

白貂にのんびりと跨《また》がっている天上人が紗良たちを眺《なが》めまわして首を傾《かし》げる。すっと目尻《めじり》の上がった、優《やさ》しげな雰囲気の男だ。年は二十ほどか。

　年嵩の護兵が彼の全身を凝視《ぎょうし》し、やがてなにかに気づいたように顔色を変え、跪《ひざまず》いた。焦《あせ》った表情で口を開こうとした護兵を、その天上人が一瞥《いちべつ》して黙《だま》らせる。

「おまえではなく、私は娘の口から聞きたいんだが」

　彼の視線が、ふと紗良の手に向かう。おや、というように黒い瞳《ひとみ》に驚《おどろ》きと楽しげな色が滲んだ。思いの外身軽な動作で白貂から降りると、紗良の前に立つ。威圧《いあつ》されたわけでもないのになぜかひれ伏《ふ》したくなるような、不可思議な気配を男は持っていた。

「門の内に入りたいのかな？」

　男は浮かべた微笑《びしょう》を裏切らぬ柔《やわ》らかい声音《こわね》で尋《たず》ねた。

　紗良はじっと彼を見つめた。すると男の表情がだんだん強張《こわば》っていき、目のまわりが淡《あわ》く染まり始める。逆に、紗良を油断なく観察していた二人の随身が警戒するような空気をまとい始めた。

「あのな、私は、ううむ、女のまっすぐな視線が苦手で、そうもぐっさり刺《さ》すように見つめられると、ならんのだ。……恥《は》ずかしいだろう？　もしも恋情《れんじょう》を抱《いだ》いたら、責任を取ってくれるのか？」

　天上人の弱ったような声を聞いて、随身二人が脱力《だつりょく》する。紗良も少し反応に困った。

「よし、門のなかへ入りたいのなら、私もちょうどそうするところだったし、ともに行ってやってもよいぞ」

「なにをおっしゃっているんですか」

随身の一人が苦々しげに天上人を見やる。

紗良はぼんやりと考えた。私は入りたいのだろうか。先ほどまでは確かになんとしてでもこの門の向こうへ行きたかった。けれどいまはどうだろう。

自分の手を見下ろす。指には赤珊瑚《あかさんご》の指環《ゆびわ》。そして胸には、黒い竜の心の声が響き続けている。紗良が逃《に》げることを恐《おそ》れていた、そのくせ早く帰れと言い続けていた。四竜は誰も彼も紗良に甘かった。

――この胸から心を一度取り出したはずなのに。

竜の偽《いつわ》りない声が、紗良の胸に新しい心を作ってしまったのだ。

うおっ、と天上人が慌《あわ》てた声を上げた。紗良の瞳から涙《なみだ》がこぼれたせいだった。

紗良はその場に両膝《りょうひざ》を落とした。自分の罪深さに打ちのめされる。

「名も知らない高貴な方、もしも私に一滴《いってき》の慈悲《じひ》をくださるなら、伏してお願いしたいことがございます」

「なっ、なにかな」

「私は紗良と申します。どうか高貴なる方、あなたが竜の方々をご存じなら、地の冶古《やこ》が――心より感謝をしていたとお伝えいただきたいのです」

冶古!?　と護兵たちが目を剝《む》く。

天上人は、ん、と瞬《まばた》きをして紗良の次の言葉を待った。冶古と知っても耳を傾《かたむ》けようとしてくれたことに、勇気を得る。

「ひとつの季節が巡《めぐ》るまでの短い日々のなかに、身に余るほどの喜びをいただきました。竜の君はまことに天そのもの、晴れのように心美しく、雨のごとく慈悲を降らせてくださる。夏の嵐《あらし》のような強い命の息吹《いぶき》も吹《ふ》きこんでくださった。――もしも私が本物の……選ばれた者でしたら、一片《いっぺん》の曇《くも》りもなく、身も心も捧《ささ》げられたのでしょうか。お許しください、竜の君。私はもうおそばにいられません」

「それでおまえは、どこかへゆくのか?」

天上人は調子を変えずに、優しく問う。

「地へ」

天門まで行き、そこから地へ飛び降りようと思っている。それ以外に方法があるだろうか。

女の話が真実かどうかちゃんと調べてからにしろ、という冷静な声が頭のなかに響いている。調べてどうなる、という反論の声も響く。

紗良の胸に芽吹《めぶ》いた新たな心は、竜に添《そ》いたがっている。それはだめだ、許されない。空っぽの自分が猛然《もうぜん》と主張する。どうせ近々死ぬんだから悩《なや》むほうがばかみたいだ。まごまごするあいだに本当に紗和子たちが死んでしまったら、こんなに不幸なことはないだろう。それにいま以上、竜たちに情を抱くなんて、皆《みな》に対する裏切りに等しいじゃないか。心は全部捧げたなんて嘯《うそぶ》きながら、一人だけきれいな衣を着て、お腹《なか》いっぱい食べて。ずっと後ろめたさを感じていたくせに、この暮らしが手放しがたくなって見て見ぬ振りをしてきたんだろう、ずるいやつだ。喜んで死ぬためにここへ来たんだからぐたぐた言い訳せずに、さっさとそうしろ！――そんな痛烈《つうれつ》な声に屈《くっ》してしまった。

新たな心が希望を糧《かて》にしてぐんぐんと膨《ふく》らんでしまうのが怖《こわ》い。紗良にとっての一番は弧張り村で、そこに危機が迫《せま》っているかもしれないのに、竜たちを案じてどうする。他《ほか》に大切と思うものができてしまうなど、あっていいわけがない。

いつかの悪夢が執念深《しゅうねんぶか》い蛇《へび》のごとく紗良の全身に巻きついている。

あの夜、すぐにお宮を抜《ぬ》け出して地上へ向かうべきだった。逃げろ、ここには水鹿神《みかがみ》が来る。皆にそう忠告できたじゃないか。

「……あー、これは参ったなあー。私の白貂が暴走して娘《むすめ》を一人地上へ攫《さら》ってしまうようだなあ」

突然《とつぜん》、天上人がわざとらしく空中へ顔を向けながら奇妙な発言をした。

すると、白貂がやれやれと言いたげにこちらへ近づいてきて、わずかに身を低くする。背に乗るよう合図している。

随身二人は、頭が痛いという表情で天上人を見ている。護兵たちも途方《とほう》に暮れた様子で紗良

たちをうかがっていた。

「私がよそ見をしているあいだに、なんたることだあ」

「――高貴なる方、あなたの恩情は黄泉《よみ》へ渡《わた》っても忘れません」

「よ、黄泉。待て。黄泉はだめだ」

ぎょっと振り向く天上人の脇《わき》をすり抜け、紗良は袖《そで》を払《はら》って白貂に飛び乗った。白貂は心得たようにとんっと勢いをつけて駆《か》け出した。

明日までに戻《もど》るのだぞ、という慌てた天上人の声が背にぶつかった。

紗良はなにも答えられなかった。白貂が驚くような速度で走っていたからだ。しっかり毛並みを握《にぎ》り締《し》めておかないと、簡単に振り落とされる。

天門まではあっという間だった。十二ある門のうち、向かったのはここへ来たときにも通ってきた桃天門《とうてんもん》。ぴたりと固く閉《と》ざされているその門をどう突破《とっぱ》するのかと思いきや、白貂《しろてん》は垣《かき》を蹴《け》って飛び越《こ》えた。身体《からだ》が宙に浮《う》いたよう。その瞬間《しゅんかん》、夜空を覆《おお》う雲が割れ、皓々《こうこう》と、この世のものとは思えぬ澄《す》んだ月光が輝《かがや》きを放ち、川の流れのごとくに路《みち》を織り上げる。たん、と白貂が軽《かろ》やかに月光路を踏《ふ》む。地面を打つ雨粒《あまつぶ》のように次々と光が弾《はじ》け、煌《きら》めいた。地を目指す白貂のため、銀の糸、金の糸、夜の機《はた》は月の雫《しずく》を紡《つむ》いでいく。結《ゆ》っていた髪《かみ》がほどけ、ゆらりとなびく。振《ふ》り向かず、この路を走り抜ければ愛《いと》しい故郷が待っている。

紗良は、両手で白貂の毛を掴《つか》みながら天を仰《あお》ぐ。星々の瞬《また》くなかに自分がいた。耳を澄ませば、その瞬きの音すら聞こえてきそうな瑞々《みずみず》しい夜だった。言葉もないほど美しかった。

この月が、明日も美しければいい。紗良の愛する地をいつまでも限りなく惜《お》しみなく、照らしてくれたらいい。

そして、あの孤独《こどく》な竜の君の心にもとびきりきれいなひと雫を落としてくれたら、もう思い残すことはない。

きっといつか偽りなく竜を慕《した》う者が現れる。磨《みが》く必要もない高潔な心に、誰《だれ》かが気づく。

――お別れです、竜の君。

もしも生まれ変われたらまた里人になりたい。草の匂《にお》いが満ちる地上で、護歌《ごか》を口ずさみながら恋《こい》するようにこの月を見上げ、あなたの幸《さち》を想《おも》うのだ。

もう一度だけあなたに逢《あ》いたい。そんな祈《いの》りをこめて。


「あれは――」

月光路を辿《たど》るうち、浜辺《はまべ》が見えてきた。月光を吸いこんで鱗《うろこ》のように輝く海面に、いくつかの巨大《きょだい》な魚影《ぎょえい》が浮き沈《しず》みしていた。

――水鹿神だ。

紗良は息をとめた。

水鹿神は、これという確実な姿を持たない。どのようにして生じた怪《かい》なのかも判然としていない。ある地方では海に沈んだ漁師の魂《たましい》が絡《から》み合ったものだとされている。天上人が垂れ流す汚水《おすい》だという説もある。闇《やみ》が凝《こご》って形をなしたという説もある。人の怨念《おんねん》、名もなき神、獣《けもの》の霊《れい》、悟《さと》りを得られぬ山伏《やまぶし》の未練、異界の来訪者、海の巨人、大蛇《だいじゃ》の化身《けしん》、未来の自分の霊、年を経《へ》た人魚……これらの例は枚挙に遑《いとま》がない。

ただ、海から来ることだけは間違《まちが》いがなかった。海中では大抵尾《たいていお》びれを揺《ゆ》らめかせて泳ぐ。だがそれさえ形は様々で、鯨《くじら》のように巨大であったり小魚の群れのようであったり人魚のようであったりした。あるいは水母《くらげ》のようでもあった。蛇のようでも、海老《えび》のようでもあった。

上陸するとさらに姿を変化させる。これもひとつにとどまらないが、もっとも多い例は、人に化けて接近するというものだ。

一見、人の姿をしているし、濡《ぬ》れそぼって震《ふる》えているから、「どうした、溺《おぼ》れたのか」と心配になって声をかける。すると怪は、再度の変化を見せる。だいだらぼっちのようにぐんと伸《の》び、人をぱくりと食べてしまう。

しかし、巨人に変化するとは限らない。次に多いのが、人の顔を持った、黒々とした巨大な海老や蟹《かに》である。百足《むかで》のような身になることもある。恐《おそ》ろしいことに、三日も人に化けてすごした例もある。死んだ家族に化けてくることも多いため、正体が怪とわかっているのに匿《かくま》ってしまうという悲しい話もあった。

水鹿神は、その強さもまったく定まっていない。子どもでも倒《たお》せるほど弱いものもいる。だが、いま紗良が見下ろしているような——鯨のように大きな魚影を持つ水鹿神は、『巨の者』と呼ばれ、村ひとつなんなく消滅《しょうめつ》させるほど強い。

これほどの大物はめったに出現しない。早くて四、五年。十年ほど出なかったという例もある。紗良が巨の者を最後に見たのは、あの夜だ。両親が死んだ夜。

——二体もいる……!

紗良は奥歯を嚙《か》み締めた。巨の者の影《かげ》が二体。その他に、水母のような小さな形の群れがいる。紗良の故郷近くの浜辺を目指して進んでいる。

「お願いよ、白貂。もっと早く路を駆けて! 怪が浜《はま》に到達《とうたつ》する前に、皆に会いたいのよ!!」

間に合わなければ、愛する人々の顔をひとめ見ることさえ叶《かな》わなければ、なんのために竜のもとを去ってきたのか。

利口な白貂は紗良の願いを聞き届け、さらに速く駆けた。

怪の接近に気づくのが遅《おく》れたのか、村のある場所で複数の松明《たいまつ》がちらちらと揺れている。それに浜辺を駆けまわる複数の影も見えた。

「——紗和子!!」

紗良は叫《さけ》んだ。必死に浜から遠ざかろうとしていた三つの人影が、動きをとめて空を仰いだ。

白貂が、どんっと重い音を立てて砂浜《すなはま》に着地する。

紗良は転がるようにして白貂の背から降り、人影に駆け寄った。

一人は紗和子で、あとの二人は顔なじみの海女《あま》だった。どうやら漁の途中《とちゅう》で異変を察し、慌《あわ》てて上がってきたらしい。その際に岩にでもぶつかったのか、一人の海女の臑《すね》からだらだらと血が流れていた。紗良は、彼女たちを見つめて、全身にぐっと力を入れる。ばかな里人たち。仲間を絶対に見捨てない。逃《に》げ遅れるとわかっていても差し伸べた手を引っこめない。

「あんた、紗良……？　紗良なの？」

紗和子が、紗良の全身を眺《なが》めまわして、驚《おどろ》いたようにつぶやく。

はっとした。いまの紗良は、きれいな女官衣装《にょかんいしょう》をまとっている。あでやかな大袖に内衣、裙《くん》。いつかの悪夢が蘇《よみがえ》る。——自分だけが不相応にも着飾《きかざ》って、楽な日々をすごし……。

「——ばか‼」

紗和子が顔を真っ赤にして怒鳴《どな》り、摑み掛《か》かってきた。

「ばか！　ばか紗良‼　あんた、なんで戻ってきたの！　なんでこんなときに戻ってきたのよ‼」

「さ、紗和子、ごめんなさい、私」

「なんであんたはこんなにばかなのよ、戻ってきたらだめでしょう、海に水鹿神《みかがみ》が現れたのよ！　ここにあんたがいなくてよかったと安心していたのに、どうして」

紗和子が泣きながら、紗良の頰《ほお》を両手で強くこする。

「ああ、紗良、こんなにきれいになって。とても似合うわ、月の国のお姫様《ひめ》みたいよ。ずっと心配していたの。紗良は、本当は寂《さび》しがりやで誰かとくっついていないと寝《ね》られないんだから、大丈夫《だいじょうぶ》かしらって。よかった、大事にされているのね？」

「紗和――」

「ちゃんと眠《ねむ》れているの？　お腹《なか》いっぱい食べさせてもらってる？　誰にも意地悪なんかされていないでしょうね？　そんなやつがいたら、あたしが殴《なぐ》りに行くんだから」

「――」

紗良は、もうだめだった。両手で顔を覆い、子どものようにしゃくり上げた。夢は夢でしかない、本物の紗和子はこんなにもあたたかい。

「ばかね、なぜ泣くの。ひとめ会えてよかった、無事ならいいのよ。もうここはあんたの住むところじゃないんだから、早く天に帰りなさい！」

紗和子が、姉のような口調で叱《しか》る。

「あたしね、好きな人と結婚《けっこん》したのよ。あんたのおかげよ。だから紗良もしっかり幸せにならなきゃだめよ。あんたの幸せは、あたしの幸せだわ。そうでしょう？　――そこの、白い大きなやつ。この子を早く連れていってあげて」

紗良を抱《だ》き締《し》める紗和子の腕《うで》は、震えていた。

紗良は顔から手をおろすと、紗和子の腕を引っぱった。それから怪我《けが》をした海女の肩《かた》を支える。

海女たちは驚いたように紗良を見つめたのち、泣き笑いのような表情を浮かべた。

「白貂、彼女たちを乗せてあげて」

全員が乗るのは難しい。二人が限度だ。海女たちを白貂のほうに押しやる。白貂は、それでいいのかというように鼻をひくつかせたが、素直《すなお》に海女を騎乗《きじょう》させた。

「水鹿神の手が届かないところまで連れていって」

二人を乗せた白貂が浜辺の向こう――木々の密生するほうへ駆《か》け去ったあと、紗良は、紗和子の手を握《にぎ》る指に力をこめた。見つめ合って、お互《たが》いぐちゃぐちゃの泣き顔をしていると笑う。逃げなきゃいけないとわかっていたが、どちらも動かなかった。囮《おとり》が必要だからだ。

水鹿神がもうすぐ水際《みずぎわ》に到着《とうちゃく》する。おそらくまだ村の人々は安全な場所まで移動できていない。空から松明が慌ただしく蠢《うごめ》く様子を見たのだ。

「紗和子、私はここへ、お役目を果たしにきたの」

紗良は、大きく息を吸いこんでから告げた。

「お役目？」

「そうよ――これは神奴冶古《かめやこ》、畏《かしこ》き竜《りゅう》の神に侍《はべ》る者。神々は私におっしゃった、地の者を守りなさいと。竜の神が天降《あも》るときまで、私はここで怪をとめるの」

紗和子が、言葉なく紗良を凝視《ぎょうし》する。恐れも、嘘《うそ》も見破られないよう紗良は背筋を伸ばす。

「天の意思を、地が覆《くつがえ》してはなりません。さあ、走って。息が切れても、走り続けて」

「紗良、あんた――」

「行って‼」

両手で紗和子を突《つ》き飛ばす。よろめいた紗和子が困ったように振《ふ》り向く。

「行きなさいったら！」

紗良は、怒鳴った。紗和子が叱られた犬のように目尻《めじり》を下げ、ゆっくりと後退する。それでいい、早く浜《はま》から離《はな》れて。

祈《いの》るように拳《こぶし》を握った直後のことだった。

ざぱりと、水際からいくつもの不気味な影が立ち上がる。

紗良は全身を震わせ、振り向いた。

海中で鯨のような形を作っていた影は、ずるずると砂の上を這《は》うあいだに、巨人の姿へと変わっていく。水母のようだった影は、犬ほどの大きさの蟹に化けた。

紗良はがくがくしそうな足に力を入れると、くるりと両の袖《そで》を振って笑った。

「こっちよ、化け物たち。残念ね、皆《みんな》とっくに逃げたの。浜に残っているのはこの私だけよ」

少しでも時間を稼《かせ》ぐため、浜辺を逃げまわろうと決意したときだ。

「――そっちじゃない！　こ、こっちよ！　こっちへ来なさい！　そこの紗良なんて、手足なんかがりがりで食べても全然美味《おい》しくないんだから!!」

遠ざかっていたはずの紗和子が駆け戻《もど》ってきて、対抗《たいこう》するように叫んだ。

紗良は唖然《あぜん》とそちらへ顔を向けた。

「な――なんで逃げないの!? だいたいがりがりってひどくない!? 出るところは出てるわ!」

「はあぁ!? 冗談《じょうだん》やめてよ、丸太に枝をくっつけたような体型のくせに調子に乗らないで!」

「聞き捨てならない!! 紗和子だって似たような体型のくせに!」

「あんたの目にはこの豊かな肉体が見えないっていうの!?」

「見えない!!」

本気で腹が立った。逃げろと言ったのに逃げないで、あげくに丸太扱《あつか》い。そこは、ありがとう紗良あんたの分まで幸せに生きるわ、と感謝でもしてさっさと去るべきだ。

お互いにばかだの丸太だの枝だのと罵《のの》り合ったが、月光を遮《さえぎ》るようにして大きな影が迫《せま》ってきたことに気づき、青ざめながら口を噤《つぐ》む。

巨《きょ》の者が、紗良たちを見下ろしていた。

いや、目がどこにあるかわからない。ただの真っ黒い人の形だったから。だが顔の部分に、口があった。やけに白く、歯並びがいい。

紗和子が無言で紗良に抱きついた。しがみついたというほうが正しいかもしれない。

もうだめだ。ばか紗和子、なんで逃げずに戻ってきたの。――きっと紗和子も同じことを考え、心のなかで自分を罵っているに違《ちが》いない。

そう思いながらぎゅっと目を閉じたとき。


天が、鳴いた。


突然嵐《とつぜんあらし》が訪《おとず》れたのかと思った。ごおっと音が響《ひび》く。海面が揺《ゆ》れ、葉擦《はず》れのような音を立てる。

これは竜の咆哮《ほうこう》だ。天《そら》を狂《くる》わせる怒《いか》りの声。

木々もすべてが大きく傾《かたむ》き、葉を散らす。砂が舞《ま》い上がった。衣《ころも》の裾《すそ》が雨粒《あまつぶ》を受けたときのようにばたばたとはためいた。

紗良は片腕《かたうで》で顔を庇《かば》おうとした。だが、そうする前に気づいた。天からまっすぐ、降りてくる者が——竜が駆けてくる。

「竜の君」

瞬《また》く間に黒竜が浜辺に迫った。横から勢いよく巨の者に嚙《か》みつき、そしてそのままもんどり打つように地を転がる。続いて、三竜も次々と地に駆けつけ、上陸した水鹿神たちに食《く》らいつく。紗良と紗和子は寄り添《そ》いながらその場にへたりこんだ。

水鹿神は、様々な形に変じた。虎《とら》に化けたり、竜の姿を模したりもした。竜たちはいささかも怯《ひる》まず、大気がびりびりするくらいの咆哮を聞かせて水鹿神を攻撃《こうげき》した。

これぞ野蛮《やばん》な獣《けもの》という荒々《あらあら》しい戦いぶりだった。大口を開けて水鹿神に嚙みつき、爪《つめ》で引き裂《さ》き、太い尾《お》で容赦《ようしゃ》なく打ち据《す》える。たまらず海へと逃《に》げ帰る水鹿神がいた。巨の者は最後まで残っていたが、竜のひと嚙みで、とうとう消滅《しょうめつ》した。

——気がつけば、あんなにいた水鹿神がすべて滅《ほろ》ぼされていた。

黒竜が、荒《あら》い呼吸を響かせながら浜辺を巡《めぐ》り紗良を見下ろす。紗和子が小さな悲鳴を上げて紗良の腕に縋《すが》った。

「竜の方々、助けに来てくださったのですか。……図京《ときょう》に警笛は鳴らなかった、枇儺式だってまだ終わっていなかったのに」

紗良はしばし放心した。

まさか来てくださるなんて。

ここで死ぬんだろうと覚悟《かくご》していたのだ。二度と会えないと。

竜は腹立たしげに吼《ほ》える。天都《てんと》から脱走《だっそう》したことを詰《なじ》っているのか、嘘つきだと責めているのか。紗良は涙《なみだ》を堪《こら》えて、竜の髭《ひげ》に手を伸《の》ばす。

「——竜の方々。心から感謝を申し上げます。守ってくださって、ありがとう。私たちはきっとこの日を語り継《つ》ぐ。夜明けの陽《ひ》は、これ以上なく美しいに違いありません。竜の方々が守ってくださった朝です、ええ、本当に美しいに違いない」

七章　花やかなるは、月の女王

その後のことだ。

竜の訪れを別の場所から隠《かく》れて見ていたらしき里人たちが、わらわらとこちらへ集まってきた。が、竜の姿の恐《おそ》ろしさに青ざめ、後ずさりする。

紗良《さら》は、竜が着用できるような衣を用意してくれるよう里人たちに頼《たの》んだ。

なにしろその——当然ながら人の姿になれば、丸裸《まるはだか》なのだ。

浜のそばの緒屋《おや》に彼らを連れこみ、手を借りながら小袖《こそで》と単衣《ひとえ》を着てもらう。

里人から渡《わた》されたのは狩衣《かりぎぬ》一式だったので、これなら紗良一人でもなんとか着つけを手伝える。彼らの裸はもう見慣れた。手燭《てしょく》の明かりに浮《う》かぶ姿がどれほど悩《なや》ましかろうと、動揺《どうよう》を顔に出すことなく世話できる。

「粗末《そまつ》なところで申し訳ありませんが、いま少し我慢《がまん》してくださいまし」

「——紗良、勘違《かんちが》いしないでくださいね」

最初に口を開いたのは、繊細《せんさい》な美貌《びぼう》を持つ露草《つゆくさ》色の髪《かみ》の小瑠王《こるおう》だ。精一杯《せいいっぱい》冷たい声を出しているようだが、目が潤《うる》んでいる。

「たかが治古など助けに来たわけではありませんから」

「──はい、藍桜《らんおう》の君」

次に、赤菊《あかぎく》のような色を持つ長い髪を煩《わずら》わしげに払《はら》って、多々王《たたおう》が睨《にら》みつけてくる。

「まだ殺されていなかったとはな。草というのは実にしぶとい」

悪態をついているが、声音《こわね》には安堵《あんど》が滲《にじ》んでいる。

「はい、赤鴉《あかつき》の君」

最後に、当帯《あておび》の位置を確かめながら月時王《つきじおう》が苦笑《くしょう》する。

「我《われ》ら戦《いくさ》の神だからな。地を荒《あ》らす怪《かい》を討伐《とうばつ》に来ただけだ。……本当におまえを救おうとしたわけじゃないぞ」

「はい、月鷹《つきたか》の君」

三竜《りゅう》は着替《きが》えがすむと、紗良のまわりを落ち着きなくうろうろした。

もう心の声は届かないはずなのに、どうしたことか、『どこも怪我《けが》はしていないか？　恐ろしかっただろう？』といった幻聴《げんちょう》が聞こえる。

緒屋には由衣王《ゆいおう》だけがいない。人の姿に変身せず、外の岩陰《いわかげ》にうずくまって動こうとしないのだ。

もしかしていまの戦いで多量の穢《けが》れを浴びたため、竜の姿のままでいるのだろうか。

「宵霧《よいぎり》の君はお身体《からだ》がつらいのでしょうか。早く禊《みそぎ》をしないと……」

だがここでは儀《ぎ》を行えないと、途中《とちゅう》で気づく。蓬莱樹《ほうらいじゅ》の葉も大鏡もない。

三竜は、顔を見合わせると、「あー……」というなんとも言えぬ表情を浮かべた。

「放っておけばいいんじゃないですか？」

「放っておけよ」

「うん、そうしろ」

などと三竜はひどい発言をする。

「い、いけません！　ちょっと様子を見てきますね」

黒竜用の衣を腕《うで》に抱《かか》え、緒屋を出る。三竜も渋々《しぶしぶ》といった様子でついてきた。

里人たちが、かなり遠くの木陰からこちらをうかがっている。緒屋のそばにうずくまっている黒竜が恐ろしくてそれ以上近づけないでいるのだろう。

怖《こわ》くないよ、という意味をこめて彼らに手を振《ふ》ると、そちら側に交ざっていた紗和子《さわこ》が覚悟を決めた表情を浮かべて近づいてきた。

が、そこで急に黒竜が身を起こす。途端《とたん》に紗和子が顔を引きつらせ、「やっぱり無理だわ！」と一言叫《さけ》んで木陰へと逃げ帰った。

黒竜は長い背をうねらせると、紗良に顔を近づけた。

「さっ、紗良！　それ、それ竜！　竜よね⁉」

木陰に待機していた夫――惚《ほ》れに惚れて口説き落としたという例の若者にしがみつきながら、紗和子が声を上げる。

それ扱《あつか》いに、三竜が笑う。この竜たちは人間にかなり甘いのではないかと思う。

「紗和子、大丈夫《だいじょうぶ》よ。天の竜は少し口が悪くていらっしゃるけれど、とても優《やさ》しいの。冶古《やこ》の命も惜《お》しんでくださる」

紗良の返事に、竜たちが一様に動揺する。

「誰《だれ》がおまえの命を惜しんでいると言ったんです？　図々《ずうずう》しい娘《むすめ》ですね」

「はい、私は図々しいのです」

つんつんする小瑠王に微笑《ほほえ》む。

「おまえなど、死のうが生きようがどうでもいいんだが」

「許されるのでしたら、生きたく思います」

迷惑《めいわく》そうな多々王に、しんみりと返す。

「まあ、好きにすればいいんじゃないか？」

「──生きようと、思います」

困った顔をする月時王に、静かに告げる。

「そうか」と月時王は表情を緩《ゆる》める。それから笑って、身を丸めている黒竜の髭をぱしりと叩《たた》く。

「由衣、変身できぬほどの穢れは浴びてないだろう。巨《きょ》の者をこれほど早く、被害《ひがい》もなく制したのははじめてじゃないか。そら、いつまでも拗《す》ねていないで、さっさと顔を見せてやれ」

「宵霧の君は、機嫌《きげん》を損ねていらっしゃるのですか？」

「そりゃおまえが地へ戻《もど》ったから」

月時王はふと目を伏《ふ》せたが、すぐに微笑んだ。

「あのまま見逃《みのが》してやってもよかったが、よりによって水鹿神《みかがみ》が出没《しゅつぼつ》した地へ降りたと知った。……いや、決しておまえのためにこちらへ来たわけではないぞ。地を守るは竜の定め、というものだ」

「はい」

紗良は深く追及《ついきゅう》せず、従順にうなずいた。彼らはまだ嫌《いや》がらせもどきを続行しているようだから。

黒竜に目を向ける。顔を見せてはくれないのだろうか。

——そんなに腹を立てている？

「宵霧の君、誓《ちか》いを破って申し訳ありませんでした。あなたのために死にたいとそう思っておりましたのに」

告げた瞬間《しゅんかん》、黒竜の姿がぬるりと溶《と》けた。代わりに、黒髪《くろかみ》の、冷たい表情を浮かべた美貌の貴人がそこに現れる。紗良は慌《あわ》てて腕に抱えていた小袖を彼に着させ、緒屋の陰へ導いた。

そこで、急いで単衣《ひとえ》や袴《はかま》を身につけさせる。やんごとなき竜たちは人前で裸体《らたい》を晒《さら》すことにちっとも抵抗《ていこう》がないから、本当に困る。

「――ばからしい……。誰が拗ねているって？」

由衣王は鬱陶《うっとう》しげに紗良を睨み下ろす。もしも心の声を知らなければ、きっとこの、温度のない声音や愛想《あいそ》の欠片《かけら》もない美しさに圧倒《あっとう》され、めげていただろう。いや、それでも、あるときにふと気づくかもしれない。暴言を吐《は》いたあとに伏せられる悲しげな目や、嬉《うれ》しいときにうっすらと染まる目尻《めじり》に。

「俺を理由に死のうとは、迷惑極《きわ》まりない。よせ」

「はい、申し訳ありません」

わかっている。死んではいけない、という意味なのだと。

「こんな磯臭《いそくさ》いところへなど来たくなかったというのに……」

憂鬱《ゆううつ》な溜息《ためいき》をこぼす由衣王に、ひょいとこちらを覗《のぞ》きこんだ多々王が呆《あき》れた目を向ける。

「よく言う。演舞《えんぶ》の途中にやっと現れた東宮《とうぐう》との会話の直後、いきなり『入水《にゅうすい》の時が来た』などとつぶやき、場を騒然《そうぜん》とさせておきながら……」

「は、はいっ？　東宮様の御前《ごぜん》で⁉」

紗良は、由衣王の腰帯《こしおび》を結ぶ手をとめて、仰天《ぎょうてん》した。なぜ東宮に入水宣言をしたのだろう。

紗良が上げた声に反応したらしく、多々王に続いて残りの二竜も顔を覗かせた。

「おまえは夢でも見たのか？　俺がそんなばかげた発言をするはずがない」

由衣王が平然と否定する。しかし、彼に向けられる三竜の視線が生ぬるい。

「まあ、あの騒動《そうどう》のおかげで紗良がなぜ地上へ向かったのかもわかったし……。辰弥《たつみ》の巫《かんなぎ》が、怪出現の卦《け》を故意に伏せていた事実も発覚したわけだしな」

月時王が緩く腕を組んで告げた。竜たちの表情が曇《くも》る。

「前からおかしいとは思っていましたけれどね。占《せん》はないのに、なぜか地から被害があったという凶報《きょうほう》が度々《たびたび》上がっていたでしょう」

小瑠王も長い髪をいじりながら重い息を落とす。変身の直後なので、いつものように髪をまとめていない。殿方《とのがた》の噂《うわさ》にのぼる幻《まぼろし》の美姫《びき》、というような儚《はかな》げな美しさだ。

紗良は内心ほっとしながら、由衣王の帯を結んだ。竜たちは、巫の不正を黙認《もくにん》していたわけではないようだ。狩衣《かりぎぬ》のたくり上げの部分を整え、袖《そで》を通させる。完成して、ほっとする。

由衣王の手を引いて緒屋《おや》の陰から出たとき、「あの……」という、紗和子の遠慮《えんりょ》がちな小さい声が聞こえた。松明《たいまつ》を掲《かか》げた夫の腕に縋《すが》りながらも、紗和子がすぐそばまで来ていた。

彼女は紗良を見て力なく微笑むと、気後《きおく》れした表情で竜たちをうかがった。

「りゅ、竜の方々で、よろしいでしょうか……？」

「ええ、よろしいですけれど、なんですおまえは？」

小瑠王が無愛想に返す。紗和子は畏縮《いしゅく》した様子で俯《うつむ》き、目を瞑《つぶ》った。駆《か》け寄って教えてあげようか。冷たいのは声だけで、本当はあたたかい方なんだと。

「あ、あの、たっ、助けてくださって、感謝しております！」

紗和子がぎゅっと目を瞑ったまま掠《かす》れた声で言う。ああ、目を開けて。そう伝えたい。竜たちの表情を見てほしい。

「あたしも紗良も、竜《りゅう》の方々が来てくださらなかったらもう絶対に終わっていたっていうか、食べられていたと思うんです。この子はとんでもなくばかだから、こういう日に限って戻ってくるし！　ですので、あたしたちを見捨てずにいてくださって、ありがとうございます」

「——思い上がらないでください、地の者のためではありません。竜としてのつとめです」

「馴《な》れ馴れしい娘だな」

小瑠王と多々王が横を向きながら吐き捨てる。

紗良はやきもきした。違《ちが》うでしょう、そうじゃないでしょう。どうしてこの竜たちは心にもない暴言をとっさに口にしてしまうの。あとで死ぬほど落ちこむくせに！

「娘」と由衣王が威圧《いあつ》的に紗和子を呼ぶ。

「は、はいっ」

「この生意気な冶古は愚《おろ》かしくも天から逃《に》げたが、故郷たる地に巨の怪が出たゆえ、戻らずにはいられなかったのだろう」

「……はい」

「その心情を汲《く》み、一度は見逃してやるが、次はない。これはもはや、竜の冶古だ。生かすも殺すも我《われ》らが決める」

由衣王は、紗良の腕《うで》を摑《つか》むと、紗和子に向かって強気に言い放った。

月時王が後ろでぼそりと「逃がしてやるんじゃなかったのか？」とつぶやく。多々王たちは聞こえぬ振《ふ》りをしている。紗良も、どう判断していいのか迷った。

「竜のものだ。地のものではない。いいな」

やけに必死な由衣王を、紗和子はまじまじと見つめる。彼女の顔に、先ほどまでの恐《おそ》れはない。しばらく由衣王を観察していたその瞳《ひとみ》が、ふっと紗良のほうへ向く。

紗良は、なんだか焦《あせ》った。紗和子は時々、胸の奥まで見通すような目をする。

「……よくわかりました、竜の方」

緊迫《きんぱく》した空気が流れ始めた頃《ころ》、紗和子が表情をやわらげて優しくうなずいた。

「この子の定めは、もう天へ移ったんですね」

「そうだ」

「あたしも、紗良も、未練の糸で定めを揺《ゆ》らがせてはいけないんですね。それをしてしまうと、紗良はどちらにも足がつかなくなる」

嚙《か》み締《し》めるように紗和子が言う。

紗良は、不安が胸に広がるのを感じた。急に紗和子が遠い人間になってしまったように思えた。

紗和子は、いつも元気な彼女らしくない、落ち着いた所作で由衣王に恭《うやうや》しく頭《こうべ》を垂れた。

「とても見栄《みえ》っ張りで寂《さび》しがりな上に粗相《そそう》ばかりする面倒《めんどう》な子ですが、お許しください。できましたら、少しだけ長生きさせてあげてほしいのです。あたしたちが、この子から親の愛を奪《うば》ってしまいました。深い孤独《こどく》が心にある子です。どうかかわいがってくださいませ。天の方々からすれば、たやすく吹《ふ》き飛ぶ草のような命でしかないでしょうが、あたしたちには代わりのきかぬ宝なのです」

「な、なにを言っているの紗和子、やめてよ」

「このように貧相な娘《むすめ》をかわいがる趣味《しゅみ》はない」

由衣王がぱさりと袖を払《はら》って、そっぽを向く。が、紗良の腕を掴んでいた手にわずかに力がこめられる。

「里人とはまこと厚かましく、やかましいものですね。ああ、早く天へ戻りたい」

小瑠王が寂しげに俯いて告げた。

「まったくだ。――いつまでもこんな場所にいられるか。行くぞ」

多々王がいきなり紗良の腰《こし》を掴み、抱《だ》き上げる。

竜たちは、頭を下げ続けている紗和子を一瞥《いちべつ》すると、一瞬迷うような表情を見せたが、すぐに頬《ほお》を引き締め、背を向けた。あとは振り向くことなくずんずんと歩き出す。紗良は慌てた。

このまま天へ戻《もど》れば、紗和子に非情な竜だと誤解されてしまう。

違うのだと、説明しようとしたとき、ゆっくりと頭を上げた紗和子と目が合った。嬉しそうな笑《え》みが彼女の顔に広がった。

「さよなら、紗良。心のままに生きるのよ」

「紗和子――」

心のままに？

「あんたが幸せで、あたしもここで幸せになる。それでいいんだわ！」

――いいんだろうか。

新しく芽吹《めぶ》いた心を握《にぎ》り締め、竜のそばで死んでも？

母はこの地で死んだ。愛する者たちを守った。

だったら娘の自分もそうすべきじゃないのか。紗良だってここをたとえようもなく愛している。だから心のすべてを捧《ささ》げて、天の役目に挑《いど》んだ。

けれど新しく生まれたこの心は、つむじ曲がりな竜のほうを見つめてしまう。不幸という言葉がこの世から消滅《しょうめつ》するくらい、とびきり優《やさ》しくしてあげたくなる。

それと、いつだって竜たちは本音と逆のことを口にして落ちこむから、しっかり慰《なぐさ》めなきゃいけない。目も眩《くら》むほど甘やかし、私は傷ついていない、あなたのそばにいられて嬉しいのだとうんざりするほど伝えたい。

そんな我が儘《まま》な心に従って、いいのだろうか？

泣きたいような気持ちになる。なにもかもが愛《いと》おしいのに、なぜこんなにも寂しさや切なさが増えていくのだろう。

こちらを見守る紗和子へ手を伸《の》ばしかけたとき、ふいに多々王が上空へ顔を向け、足をとめた。三竜もいぶかしげに立ち止まり、空を仰《あお》ぐ。

天はいまだ濃《こ》い闇《やみ》に染まっている。しかし月光路が浜《はま》を照らしている。そこから神車《かぐるま》がするすると降りてくるのが見えた。竜たちの迎《むか》えにしては、車の数が多すぎないか。戸《と》惑《まど》うあいだに、神車が浜辺に到着《とうちゃく》する。屋根から垂れる糸毛は紅《べに》に黄に橙《だいだい》、簾《すだれ》は蘇《す》芳《おう》。まわる車輪は銀。豊饒《ほうじょう》の楽土を思わせるような豪華《ごうか》な色彩《しきさい》。

手前の神車から直衣《のうし》姿の少年が降り立ち、優雅《ゆうが》に頭を垂れる。その後に天人のような美しい女たちが並んだ。

「仰々《ぎょうぎょう》しいことだ」

由衣王が警戒《けいかい》の表情で言う。

直衣姿の少年――白長督《しろながのかみ》がゆるりと顔を上げ、「お迎えに参りました」と返す。

「ただの迎えに、辰弥庁《たつみちょう》の車をこれほど動かしたのか？」

月時王が、普段《ふだん》と変わらぬ声で尋《たず》ねる。

白長督は竜たちを順に見ると、最後にこちらへ視線を向けた。

多々王の腕のなかにいるのだったと我に返り、紗良は軽くもがく。多々王は疑いの表情で白長督を見つめながらも、紗良を地面に下ろしてくれた。

白長督は、白菫《しろすみれ》の袖《そで》を払って紗良に近づいた。凛《りん》とした顔立ちながらも、どこか老成した雰《ふん》囲気《いき》を持つ不思議な少年は、紗良と目を合わせて静かに問う。

「虎《とら》の鳴き声を聞きましたな？」

「はい？」

「宵霧宮《よいぎりのみや》の留守を守る式より報が入りました。斎《さい》の姫《ひめ》が天降《あも》られてから虎が鳴き止《や》まぬ、花散る前に連れ戻せと。赤い虎は、たやすくは鳴かぬのです。たとえ百年に一人の美姫《びき》に触《ふ》れられようとも、麗《うるわ》しき花精の化身《けしん》に望まれようとも。屈《くつ》するのは唯一《ゆいいつ》の君と決まっているのです」

「なんのお話でしょうか？」

「虎の話です」

紗良は目を瞬《またた》かせた。なぜこの督《かみ》は、冶古《やこ》の紗良に対し、こんなに丁寧《ていねい》な態度で話すのか。

わずかな間のあと、突然《とつぜん》小瑠王が声を上げて笑い出した。

「なんだ、そうか。だから瑞鳥《ずいちょう》が！」

はじめは小瑠王を奇妙《きみょう》な目で見ていた三竜も、ふとなにかに気づいた様子で紗良を振り向く。

「これはおもしろい」と月時王が興味深げに言う。

「ああ、なるほど。枇《ひ》儺《だ》式《しき》の日だったな、今日は」と、多々王も笑う。

慌《あわ》てふためく紗良を、由衣王が驚《おどろ》いたように見つめる。

やがて彼は、観念したように微笑《ほほえ》んだ。紗良は目を見張った。由衣王の、そういうおっとりした甘い微笑みをはじめて見た。

「虎が鳴いたか。そうか」

「宵霧の君、ど、どういう意味でしょうか。私はさっそく粗相をいたしましたか？」

「由衣と呼ぶのを許す」

紗良は困惑《こんわく》し、皆《みな》を眺《なが》める。

わけがわからない。どの虎が鳴いたというのか。というより、どこに赤い虎が？

「二百年、お待ち申し上げた」

「宵霧の君？」

高貴な竜《りゅう》は袖を払い、裾《すそ》を広げて優雅に跪《ひざまず》く。

「斎の花よ、末永く、我《われ》らを愛《め》でよ」

固まる紗良に、三竜も膝《ひざ》をつく。

彼らは、楽しげに笑った。愛でねば吼《ほ》える。吼えれば天が震《ふる》えるぞと、そう脅《おど》すのだ。


こうして、竜を統《す》べる女王が天都《てんと》に帰還《きかん》を果たす。

あとがき

こんにちは、あるいは初めまして、糸森《いともり》です。

本書をお読みくださりありがとうございます。


ビーンズ文庫様、この十月で創刊16周年とのこと、心よりお祝い申し上げます。

振《ふ》り返ると、自分もビーンズ文庫様の片隅《かたすみ》にて書かせていただけるようになってから数年が経過しているんですね。最初の本が完成した時、とても感動しました。

二十年、二十五年と、これからもたくさんの面白《おもしろ》い小説を読ませていただけたらと思います。


この物語は平安時代をベースにしておりますが、随所《ずいしょ》に創作を加えております。装束《そうぞく》、制度等も物語に合わせて変更《へんこう》しています。

和風ファンタジーを書くのは久しぶりかと思います。華《はな》やかなものを！　という案をいただき、気合いを入れつつ楽しく進めさせていただきました。

和風のものが大好きです。平安時代の色の組み合わせや言葉は本当に美しいと思います。資料を眺《なが》める時間も楽しく想像が広がります。

本編に登場する鳥（白羽《しろば》）ですが、プロットの段階では存在しませんでした。気がつけば鳥《ちょう》獣《じゅう》を出してしまいます……！

もふもふした獣《けもの》を書かずにはいられない自分の業《ごう》の深さに、そろそろ観念しようかと思います。獣ばんざい。獣にはあらゆる可能性が秘められています。一部分のみの獣化もよし、条件付きで全身獣化もよし。人型に変身せずずっと獣のままでも素晴《すば》らしくよいと思います。

竜《りゅう》も大変好きです。西洋風、中華風《ちゅうかふう》、どちらの竜もいいですよね。

獣&人外の組み合わせなんてもう最高すぎます、むしろ至宝と呼んでいいんじゃないでしょうか。無限大のロマンがあります、考えるだけで鼓動《こどう》が高まります。敵役を含《ふく》めて、人外や怪《あや》しいものが登場するシーンにかかると俄然漲《がぜんみなぎ》ります。

獣語りにずれてしまいましたが、この『竜宮輝夜記《りゅうぐうかぐやき》』はシリアスと見せかけて、勘違《かんちが》いが加速した結果お互《たが》いに振りまわされるというような、呑気《のんき》な竜達と主人公の変愛騒動《そうどう》記です。糸森比で鞭《むち》展開はほぼないかと思います。

謝辞を。

担当者様には大変お世話になっております。スケジュール等、いつもご迷惑《めいわく》をおかけして申し訳ありません！　今後ともどうぞよろしくお願い致《いた》します。

青月《せいづき》まどか様。ご一緒《いっしょ》にお仕事をさせていただけてとても光栄に思います。登場人物達を素《す》敵《てき》に描《えが》いてくださってありがとうございました！

編集部の皆様《みなさま》、関係者の方々、書店さん、校正さん、営業さんに厚くお礼申し上げます。家族や知人方にもお礼を。

この本をお手に取ってくださった読者様に、楽しんでいただけましたら本当に嬉《うれ》しいです。

またお会いできる日まで！

糸森環《たまき》

BEANS BUNKO

「竜宮輝夜記 時めきたるは、月の竜王」の感想をお寄せください。
おたよりのあて先
〒102-8078 東京都千代田区富士見1-8-19
株式会社KADOKAWA 角川ビーンズ文庫編集部気付
「糸森 環」先生・「青月まどか」先生
また、編集部へのご意見ご希望は、同じ住所で「ビーンズ文庫編集部」
までお寄せください。

竜宮輝夜記《りゅうぐうかぐやき》
時《とき》めきたるは、月《つき》の竜王《りゅうおう》
糸森《いともり》 環《たまき》

角川ビーンズ文庫 BB83-20 20573

平成29年10月1日 初版発行

発行者――――三坂泰二
発 行――――株式会社KADOKAWA
〒102-8177 東京都千代田区富士見2-13-3
電話 0570-002-301(ナビダイヤル)
印刷所――――旭印刷 製本所――――BBC
装幀者――――micro fish

ISBN978-4-04-106116-9C0193 定価はカバーに表示してあります。

第17回
角川ビーンズ小説大賞
原稿募集中！
「」カクヨム
からも
応募できます！
ここが「作家」の第一歩！
18歳まで
応募できる！
「ジュニア部門」
はじめました！
賞金 大賞100万円
優秀賞30万
奨励賞20万 読者賞10万
締切 郵送▶2018年3月31日(当日消印有効)
WEB▶2018年3月31日(23:59まで)
発表 2018年9月発表(予定)
審査員 ビーンズ文庫編集部
応募の詳細はビーンズ文庫公式HPで随時お知らせします。
http://shoten.kadokawa.co.jp/beans/
イラスト／宮城とおこ